Un choix royal

BELLA MASON

Un choix royal

Traduction française de
LEONIE GADES

AZUR

HARLEQUIN

Collection : Azur

Titre original :
HIS CHOSEN QUEEN

HARPERCOLLINS FRANCE
83-85, boulevard Vincent-Auriol, 75646 PARIS CEDEX 13
Service Clients — https://www.harlequin.fr/contenu/contactez-nous
ISBN 978-2-2805-1468-2 — ISSN 0993-4448

Édité par HarperCollins France.
Composition et mise en pages Nord Compo.
Imprimé en avril 2025 par CPI Black Print (Barcelone)
en utilisant 100% d'électricité renouvelable.
Dépôt légal : mai 2025.

MIXTE
Papier issu de sources responsables
FSC® C159065

Pour limiter l'empreinte environnementale de ses livres, HarperCollins France s'engage à n'utiliser que du papier fabriqué à partir de bois provenant de forêts gérées durablement et de manière responsable.

1

Vasili Leos, second dans la ligne de succession au trône de Thalonia, petite île située dans la mer Ionienne, avait toujours trouvé lugubre l'atmosphère du bureau du secrétaire privé du roi, aux murs lambrissés de bois sombre. Le vibrant soleil matinal y pénétrait sous la forme d'un unique rayon s'immisçant à travers les volets tirés, pour éclairer comme un projecteur de théâtre une lettre portant son nom, posée sur l'imposant bureau en acajou.

Il ne pouvait s'empêcher de méditer sur la cruauté du destin. En effet, cette lettre ne lui aurait jamais été remise si un événement terrible ne s'était pas produit, qui avait bouleversé son existence. L'avion à bord duquel voyageait son frère Leander s'était écrasé, sans laisser de survivants.

Le roi de Thalonia était mort et l'île avait à présent un nouveau monarque, âgé de vingt-neuf ans. Vasili.

La situation lui paraissait tellement irréelle, que les paroles d'Andreas Kyriakou, le secrétaire privé du roi, lui parvenaient dans une sorte de brouillard.

Quelques heures auparavant, il partageait un verre avec son frère, et maintenant celui-ci n'était plus là. Avec lui, il avait perdu sa seule véritable famille.

Vasili n'avait jamais voulu être roi. Il était le frère cadet du prince héritier, le « prince play-boy », comme l'avait surnommé la presse à scandale. Il n'avait jamais envisagé – ni éprouvé la moindre envie – d'accéder au trône.

— Votre Majesté, vous m'écoutez ? demanda Andreas en cessant de faire les cent pas.

Non, Vasili n'écoutait pas. Il était encore sous le choc de la nouvelle que le secrétaire lui avait annoncée de but en blanc. Sans se soucier de la détresse de Vasili, il lui avait lu le testament de Leander. Et avait déposé sur le bureau la lettre confiée par leur père à ce dernier, afin qu'elle soit remise à Vasili s'il venait à mourir.

— Vous devez monter sur le trône dans les plus brefs délais. Il faut que vous vous adressiez au peuple pour le rassurer sur la solidité de la monarchie.

L'insensibilité d'Andreas était apparemment sans limite. En ce moment tragique, il ne semblait songer qu'à la prise de pouvoir du nouveau roi. Abasourdi, Vasili fixait l'enveloppe blanche qui incarnait la froide réalité de la mort de son frère. Elle ravivait le souvenir d'une autre lettre de son père.

Il n'aimait guère évoquer le roi Athanasios, cet homme qui avait toujours désapprouvé celui qu'il considérait comme le « fils rebelle ». Aussi, quand on lui avait remis cette première lettre, après la mort de son père, un an auparavant, au terme d'une maladie foudroyante, Vasili l'avait jetée au feu. Rien de ce que le roi aurait pu lui dire ne l'intéressait. Il n'avait pas davantage envie d'ouvrir celle-ci.

La mort brutale de son père avait plongé le royaume dans le deuil. Leander lui avait succédé dans le rôle pour lequel il s'était préparé toute sa vie. Un rôle qui n'avait jamais été destiné à Vasili, mais qu'il devait aujourd'hui endosser pour assurer la continuité de la monarchie. Quelle ironie !

— Thalonia a besoin de stabilité, Votre Maj…

Vasili le fit taire d'un regard sombre. Le vieil homme prit le temps d'aller s'asseoir dans son fauteuil, avant de reprendre :

— Je comprends votre douleur mais, je le répète, Thalonia a besoin de stabilité, et c'est à vous qu'incombe la responsabilité de rassurer vos sujets. C'est votre devoir.

Quelle plaisanterie ! songea Vasili avec amertume. Jamais son père ni sa mère ne s'étaient préoccupés de lui. À leurs yeux, il était une sorte d'héritier « de secours ». Seul Leander, leur fils aîné, appelé à diriger le royaume un jour, pouvait les détourner de leurs innombrables obligations officielles.

Les yeux rivés sur la lettre, il se demandait ce que le grand Athanasios Leos pouvait bien avoir à lui dire maintenant. Le roi n'avait jamais eu une minute à lui accorder quand il en avait besoin, allant même jusqu'à lui recommander de ne pas faire perdre son temps à Leander lorsqu'ils étaient enfants. Et aujourd'hui, c'est sur lui que tout le monde comptait pour sauver l'institution qui l'avait toujours considéré comme quantité négligeable ?

La seule adulte qui s'était occupée de lui avait été sa nurse. Sophia l'avait élevé. Elle lui avait apporté le soutien et l'amour que ses parents lui refusaient. Malheureusement, quand il avait eu quinze ans, elle avait été renvoyée. Il avait alors su sans l'ombre d'un doute que ses sentiments et ses opinions ne signifiaient pas grand-chose pour la Couronne.

À partir de ce jour, après avoir ravalé son chagrin, il avait décidé que la Couronne ne signifiait rien pour lui non plus. Peu à peu, le ressentiment s'était mué en rébellion. Il était devenu le « prince play-boy », se désintéressant complètement du pouvoir et du qu'en-dira-t-on.

Vasili avait toujours été conscient du dévouement qu'exigeait la fonction de monarque. Il avait même compris l'importance que Leander revêtait aux yeux de leurs parents. Ce qu'il n'avait pas compris, en revanche, c'était pourquoi la raison d'État les avait empêchés de l'aimer, créant ce grand vide dans sa vie.

Miraculeusement, rien de tout cela n'avait affecté sa relation avec son frère. Bravant l'interdiction parentale, Leander se faufilait dans la chambre de son petit frère la nuit. Enfant, il partageait avec lui les friandises dérobées dans les cuisines, puis en grandissant, des bières.

Même s'ils n'avaient jamais pu être aussi proches que des frères ordinaires, Vasili avait toujours voué une grande admiration à son aîné. Maintenant qu'il était mort, sans un avertissement ni un adieu, que lui restait-il ? Un conseiller qui l'insupportait et un royaume qu'il allait certainement décevoir, car Leander était un roi très aimé.

Le palais, monument d'architecture rococo considéré comme le joyau de Seidon, la capitale de Thalonia, qui avait abrité la famille royale et ses nombreux serviteurs depuis des générations ne lui avait jamais paru aussi vide.

Submergé par une vague d'émotion, Vasili ferma les yeux. Sa mère était décédée depuis longtemps et il avait enterré son père un an auparavant. Perdre Leander signifiait qu'il était seul désormais.

Bien sûr, il avait des amis. Des gens qui aimaient faire la fête et s'amuser autant que lui. Mais il n'avait envie d'appeler aucun d'entre eux. Pour commencer, il ne saurait pas quoi leur dire, ni qu'attendre d'eux. Il ignorait tout de l'amour ou de la solidarité, n'ayant jamais eu le privilège d'en faire l'expérience. Il allait donc lui falloir affronter cette situation seul, comme il l'avait toujours fait.

Peu à peu, il prit conscience qu'il devait s'arracher à l'hébétude où l'avait plongé l'annonce de la mort de Leander. Oui, il allait faire ce qu'on attendait de lui, mais il avait encore besoin d'un dernier moment de solitude.

— Votre Majesté, vous êtes maintenant le roi. Vous devez l'accepter, insista Andreas. En outre, il faut que nous agissions rapidement pour assurer l'avenir de la Couronne. Pour cela, vous devrez vous marier et produire des héritiers dès que possible. Il est impératif…

— Assez ! gronda Vasili, incapable de contenir sa colère.

Saisissant la lettre posée sur la table, il se leva et sortit du bureau en claquant la porte derrière lui.

Ses pas furieux résonnaient sur les dalles de marbre des couloirs du palais. Son expression devait trahir son humeur car tous les membres du personnel qu'il croisa baissèrent la tête et s'absorbèrent dans leurs tâches. À présent, ils étaient certainement tous informés du décès de Leander, mais, sans doute effrayés par sa mine sombre, aucun d'entre eux n'osa lui adresser des condoléances. Et cela lui convenait parfaitement.

Il savait exactement où aller pour trouver l'apaisement qu'il recherchait.

Il poussa la porte dorée de la bibliothèque du palais, la plus grande du royaume. Elle s'étendait sur deux étages, avec des rangées sans fin d'étagères de livres réparties dans d'innombrables salles et des alcôves donnant sur les jardins.

Vasili ne vouait pas une admiration particulière à ses ancêtres, mais il leur était reconnaissant d'avoir construit ce havre pour le lecteur, même s'il l'avait moins assidûment fréquenté ces dernières années. Les couleurs des fresques ornant le plafond lui rappelaient celles de l'île elle-même. Les petits matins où le soleil soutachait de traînées d'or le ciel rose et bleu. Les eaux turquoise et le sable blanc des plages.

Aujourd'hui toutefois, il n'était pas venu pour admirer la beauté du lieu. Il se laissa tomber dans un fauteuil confortable, dans un coin tranquille, ferma les yeux et savoura le silence.

Il n'avait aucune idée de l'endroit où se trouvait la bibliothécaire – il était simplement heureux qu'on le laisse tranquille. Mais il ne pouvait pas en dire autant d'Andreas. Il n'était pas arrivé depuis dix minutes que le secrétaire privé franchit à son tour la porte dorée, accompagné de Carissa, la chargée de relations publiques du palais. Ouvrant les yeux, il les fusilla du regard.

— Votre Majesté, vous ne pouvez pas ainsi fuir vos responsabilités, dit Andreas.

Il faisait de vains efforts pour masquer sa désapprobation. L'homme avait servi son père et son frère, et il était manifestement mécontent que la couronne revienne à Vasili.

— S'il vous plaît, Votre Majesté..., commença Carissa.

La grande femme blonde, vêtue d'un impeccable tailleur sombre, s'assit dans le fauteuil à côté du sien. Elle tentait visiblement une approche différente, mais ni le charme ni l'autorité n'auraient d'effet sur lui. Pas aujourd'hui.

— Je vous demande simplement de nous écouter, poursuivit-elle. Ensuite, nous déciderons d'une voie à suivre qui satisfera tout le monde.

— Tout le monde ? répéta Vasili, dubitatif.

— Bien sûr, monsieur. La situation est compliquée et nous voulons la régler dans l'intérêt de tous.

— Et pour cela, vous devez vous marier et produire des héritiers, intervint Andreas. Le roi Leander a trop tardé, et maintenant la Couronne se trouve dans une position précaire.

Vasili avait du mal à en croire ses oreilles. C'était surréaliste ! Cet homme lui demandait de se sacrifier pour sauver le système contre lequel il s'était rebellé toute sa vie, celui-là même qui l'avait mis à l'écart !

Il devait admettre que la tentation était grande de tout laisser s'écrouler. Une seule famille ne pouvait pas tenir le destin d'un pays entre ses mains ! De plus, tous ces gens avaient toujours considéré qu'il n'était pas à la hauteur. Pourquoi faisaient-ils soudain appel à lui ? Quant à se marier... C'était une chose qu'il n'avait jamais envisagée. S'engager durablement avec une femme n'était pas sa tasse de thé. Il préférait collectionner les aventures d'une nuit avec des partenaires qui savaient qu'il ne leur proposerait rien de plus. Sa mère l'avait un jour qualifié de don Juan. Dans sa bouche, c'était une critique, mais Vasili préférait ce titre à celui de roi.

Sans compter qu'il essayait de s'échapper de la cage, ce n'était pas pour inviter quelqu'un d'autre à l'y rejoindre.

— De toute évidence, vous ne me demandez pas seulement d'être roi, fit-il remarquer d'un ton sarcastique.

— Effectivement, concéda Carissa d'une voix suave. Mais vous pouvez vous appuyer sur nous. Nous vous guiderons pour vous aider à appréhender les changements qui vous attendent.

Il n'en revenait pas. Ces gens le considéraient-ils comme un incapable ? Ou un idiot qui ne comprenait pas que, avec leurs belles paroles, ils essayaient de le contrôler ?

— Et l'un de ces changements concerne votre mode de vie, renchérit Andreas. Non seulement parce qu'il s'agit d'un comportement inconvenant pour le roi, mais aussi parce qu'il sera tout à fait inadéquat quand vous serez marié.

Quand ? À quel moment l'éventualité de son mariage était-elle devenue une fatalité ? N'avait-il pas son mot à dire ?

— Nous vous aiderons à trouver une épouse appropriée.

— *Quoi* ?

Cette fois, c'en fut trop. Pour qui se prenaient-ils ? Même ses parents, qui régnaient sur ce royaume, n'avaient jamais pu lui imposer leur volonté.

Fonder une famille ne faisait pas partie de ses projets, mais s'il pouvait envisager de se marier *par sens du devoir*, comme ils le souhaitaient, ce ne serait pas avec une femme « appropriée » selon leurs critères. Il imaginait parfaitement le genre d'épouse qu'ils avaient en vue. Une princesse quelconque, égoïste et obsédée par sa propre personne, comme la plupart de ses semblables. Non ! Il ferait les choses à sa façon, comme il l'avait toujours fait. Peu lui importaient les desiderata d'Andreas et de

Carissa. Pour lui, ces deux-là représentaient tout ce qui n'allait pas dans l'institution royale.

Il leur ferait regretter d'avoir pensé pouvoir le manipuler. Pour cela, il allait se montrer à la hauteur de sa mauvaise réputation, et une fois encore se rebeller contre le système auquel il n'échapperait malheureusement jamais. Il leva les yeux et fixa un point au-delà des deux conseillers puis, les dents serrées, il lança :

— Très bien, puisque je dois absolument me marier, je l'épouserai, *elle*.

D'un même mouvement, Andreas et Carissa se retournèrent pour suivre la direction du regard de leur nouveau roi, et découvrirent la bibliothécaire, qui fixait leur petit groupe, les yeux écarquillés. De toute évidence, elle avait entendu toute la conversation.

Le visage d'Andreas, quand il fit volte-face, exprimait un mélange d'effroi et de frustration.

— Votre Majesté... Vous n'êtes pas sérieux.

— Andreas a raison, ajouta Carissa, tout aussi abasourdie. Vous ne pouvez pas épouser la bibliothécaire.

Vasili darda sur elle un regard glacial.

— Et pourquoi pas ?

— Pour commencer, la future reine doit appartenir à l'aristocratie. C'est la tradition. De plus, une jeune femme bien née donnera une image de continuité rassurante. Je vous en prie, vous devez penser au trône.

Carissa comprit aussitôt qu'elle avait dépassé les bornes.

— Vous remettez en question la décision de votre roi ? demanda Vasili.

Il n'eut pas besoin d'élever la voix pour rappeler à l'ordre ces deux personnages qui l'exaspéraient. Il était le roi, et ils apprendraient vite qu'il n'était pas du genre à se laisser dicter sa conduite.

— Jamais nous ne nous permettrions une chose pareille !

se récria Andreas. Mais il est de mon devoir de vous conseiller, comme j'ai conseillé votre père et votre frère. C'est à ce titre que je me dois de vous dire que ce n'est pas la meilleure solution. Le roi Leander allait épouser une princesse dans deux semaines...

— Dois-je vous rappeler que je ne suis pas Leander ? Et que je ne le serai jamais. Je vous conseille de ne pas l'oublier.

— Quoi qu'il en soit, monsieur, elle est bibliothécaire. Et jamais une roturière n'est devenue reine.

— Eh bien, il faut une première fois à tout. Votre roi a parlé.

Cette mise au point effectuée, il se tourna vers la bibliothécaire, qui avait suivi leur échange, visiblement ébahie. Il pouvait voir les battements précipités de son pouls dans le creux de son cou. Mais quand leurs regards se rencontrèrent, il fut happé par la profondeur des prunelles turquoise de la jeune femme. Le temps s'arrêta et il eut l'impression qu'ils étaient seuls au monde.

Une minute s'écoula. Peut-être deux. Ou une éternité.

Désarçonné par sa propre réaction, Vasili réussit à s'arracher à l'emprise de ces grands yeux sublimes par un effort considérable de volonté. Puis il sortit de la bibliothèque à grands pas.

Pétrifiée par la scène qui venait de se dérouler sous ses yeux, Helia suivit du regard le nouveau roi jusqu'à ce que la porte de la bibliothèque se referme sur lui.

Elle devait avoir rêvé, ou mal entendu. Il avait parlé de l'épouser, alors qu'il n'avait aucune idée de qui elle était ? C'était de la folie pure !

Aussi absurde que cette idée puisse paraître, son cœur continuait cependant de battre frénétiquement, et elle ne parvenait pas à chasser de son esprit le regard intense qu'il avait posé sur elle.

Elle avait déjà eu l'occasion de croiser le prince Vasili. Mais jamais il n'avait paru la remarquer. Or, quand il l'avait regardée, quelques instants auparavant, elle avait eu l'impression qu'il scrutait son âme. Comme s'il percevait l'essence même de son être. Captive de ses magnifiques yeux dorés, profondément troublée par l'intensité de son regard, elle avait été prête à lui livrer tous ses secrets, et bien davantage encore.

Quelle pensée ridicule ! Même si elle aurait aimé qu'elle soit vraie… Un homme – un roi ! – ne décide pas sur un coup de tête d'épouser une femme qu'il voit pour la première fois.

Le prince Vasili était sous le choc de la nouvelle de la mort de son frère, comme tout le palais. Il ne fallait pas prendre ses paroles au sérieux. Helia se rappelait l'état de confusion où le chagrin l'avait plongée à la mort de son père, alors qu'elle était adolescente. Les conseillers du monarque se chargeraient de lui faire entendre raison. Ou lui-même se rendrait rapidement compte de l'inanité de sa déclaration.

Et cette scène extravagante serait oubliée.

Le roi l'oublierait.

Mais au fond de son cœur, elle garderait toujours le souvenir de l'unique fois où Vasili l'avait regardée, et de la sensation agréable qu'elle avait ressentie.

2

Considérant cet étrange intermède clos, Helia s'apprêtait à retourner vaquer à ses occupations, quand Andreas et Carissa s'approchèrent.

— Veuillez nous suivre, dit Andreas. Nous devons avoir une conversation en privé.

— Est-ce vraiment nécessaire ?

— Oui.

Malgré leur air grave, elle n'arrivait toujours pas à prendre au sérieux les paroles que le nouveau roi avait prononcées, sans doute dans un accès de folie. Mais tandis qu'elle leur emboîtait le pas, elle ne put réprimer l'espoir qui s'insinuait en elle. Se pouvait-il que Vasili l'ait vraiment remarquée ?

— Asseyez-vous, ordonna Andreas quand ils furent arrivés dans son bureau. Attendez ici, nous serons bientôt de retour.

Puis ils la laissèrent seule dans cette pièce qu'elle avait toujours trouvée sinistre. Derrière la lourde porte, elle percevait des pas précipités, des voix fébriles, sans toutefois distinguer les paroles échangées. De toute façon, elle préférait les ignorer et se concentrer pour essayer de donner un sens à ce qui s'était passé. Et démêler les sentiments qui s'entrechoquaient dans son esprit.

Une heure s'écoula, puis deux, mais elle n'osait pas contrevenir aux ordres d'Andreas, qui était son supérieur hiérarchique. Sa patience avait toutefois atteint ses limites quand celui-ci revint dans le bureau, toujours suivi de Carissa. L'homme s'installa dans son fauteuil derrière le bureau, tandis que la chargée de communication s'assit à côté d'Helia.

— Je suis sûr que vous l'aviez compris, mais je vous annonce officiellement que le roi Leander est mort, dit Andreas. Ce qui signifie que le prince Vasili est désormais le nouveau souverain de Thalonia. En tant que tel, il est tenu de se marier et d'avoir des héritiers.

Il laissa planer un lourd silence, et tandis que la portée de ses paroles pénétrait le cerveau d'Helia, les battements de son cœur s'accélérèrent.

— Vous n'êtes pas sérieux ! s'exclama-t-elle, oubliant tout respect hiérarchique.

— J'ai bien peur que si.

— Andreas, vous ne pouvez pas me demander d'épouser un inconnu. Je ne peux pas croire que c'est ce que souhaite Sa Majesté.

Non seulement l'épouser, mais aussi avoir des enfants avec lui ! C'était extravagant ! Certes, elle nourrissait un béguin secret pour le sublime prince Vasili, mais jamais ses fantasmes n'étaient allés aussi loin.

— De plus, j'ai quand même mon mot à dire dans cette histoire ! ajouta-t-elle.

— Cette situation nous enchante encore moins que vous, mais que cela nous plaise ou non, le prince Vasili est désormais notre roi et nous n'avons pas d'autre choix que d'obéir, répliqua Andreas d'un ton sévère.

Le sous-entendu désobligeant que contenait sa remarque n'échappa pas à Helia et sa stupéfaction se mua en irritation.

— Dois-je comprendre que vous désapprouvez le choix du roi, parce que je suis une roturière ? Ou votre réprobation concerne-t-elle le roi lui-même ?

Andreas ne prit même pas la peine de se défendre de son accusation de snobisme.

— De combien de temps aurons-nous besoin pour qu'elle soit prête pour le mariage ? demanda-t-il en s'adressant à Carissa.

Helia ne put s'empêcher d'éprouver un élan de sympathie pour Vasili. Elle ne se faisait pas d'illusions sur ce que l'aristocratie de ce pays pensait des gens comme elle. Mais le mépris que ces proches conseillers affichaient pour le choix de leur roi relevait d'un manque de respect qui ne pouvait que heurter les sentiments du prince. Si elle avait été à sa place, dans la bibliothèque, elle aurait été moins prévenante à leur égard qu'il ne l'avait été.

Toutefois, en annonçant qu'il voulait l'épouser, il avait fait preuve de légèreté, et elle en payait les conséquences. C'est elle à présent qui devait subir les regards condescendants qui signifiaient clairement qu'elle représentait un problème dont ils se seraient bien passés. Mais elle était résolue à ne pas se laisser intimider.

— Ne parlez pas de moi comme si je n'étais pas là ! les interrompit-elle. Qui a dit que j'acceptais de me marier ? Et qu'est-ce que cela signifierait pour moi ?

— Vous serez reine, bien sûr, rétorqua Carissa sur un ton impatient.

— Et vous ne reprendrez pas votre travail, ajouta Andreas.

Helia se figea. Sa carrière représentait tout pour elle, et l'idée de devoir y renoncer lui noua l'estomac.

Cela faisait deux ans qu'elle travaillait à la bibliothèque du palais, où elle s'occupait aussi des archives. C'était l'aboutissement d'un long parcours semé d'embûches.

Après le décès soudain de son père, alors qu'elle n'était qu'une adolescente, son oncle paternel, qui était aussi l'associé de celui-ci, l'avait recueillie. Ce qui lui avait permis de rapidement la dépouiller de l'héritage substantiel que son père lui avait laissé. Puis il l'avait confiée à l'orphelinat local. Au moment où elle avait le plus besoin de sa famille, elle avait été abandonnée. Livrée à elle-même. Pour faire face seule à son chagrin et à sa colère.

À l'orphelinat, elle s'était repliée sur elle-même, incapable de retrouver sa joie de vivre et son insouciance. Mais elle avait puisé du réconfort dans les livres, qui l'avaient aidée à retrouver un bonheur tranquille. Au collège, où elle passait tout son temps libre à la bibliothèque, la bibliothécaire lui avait permis de lui prêter main-forte pendant les pauses et après les cours. Petit à petit, entre ces rayonnages poussiéreux, elle s'était épanouie. C'est alors qu'elle avait décidé qu'elle voulait passer sa vie parmi les livres, qui étaient devenus sa famille et son refuge. Et elle visait plus qu'une petite bibliothèque de collège.

Elle avait obtenu une bourse d'études pour l'une des meilleures universités de Thalonia. Une fois diplômée, elle avait travaillé à la bibliothèque municipale de Seidon. Lorsque le poste au palais s'était libéré, Helia avait saisi l'occasion. Aujourd'hui, à seulement vingt-huit ans, elle était bibliothécaire en chef de la plus prestigieuse bibliothèque du royaume.

Elle était fière de sa réussite et elle ne laisserait pas ces gens-là la traiter de haut sans broncher.

— Et si je refuse ce mariage ?

Andreas posa les mains sur les accoudoirs sculptés de son fauteuil et soutint son regard.

— Si ça ne tenait qu'à moi, cela me serait égal, mademoiselle Demetriou. Vous n'êtes pas la reine dont ce pays a besoin. Le choix du nouveau souverain va à l'encontre de nos traditions, et vous préparer pour ce rôle représente un défi cauchemardesque. Mais malheureusement pour nous tous, le roi Vasili a pris sa décision, et aucun d'entre nous n'a le pouvoir de l'annuler.

Consciente qu'elle n'était effectivement pas prête pour monter sur le trône, elle choisit d'ignorer sa remarque désobligeante pour préserver son amour-propre et préféra se raccrocher au fait que Vasili avait jeté son dévolu sur elle.

— Je n'ai toujours pas donné mon accord, lui rappela-t-elle.

— Qu'est-ce qui vous retient ? demanda Carissa d'un ton excédé. Ce n'est pas souvent qu'une femme se voit proposer de devenir reine.

Elle a raison, ne put s'empêcher de penser Helia.

Avec ce mariage, elle se voyait offrir sur un plateau un poste de pouvoir et d'influence. Cela ne s'était peut-être pas passé de la manière qu'elle aurait choisie, mais n'était-ce pas ce dont elle rêvait depuis longtemps ? Être enfin à même de changer les choses !

Elle repensa à ces années passées à l'orphelinat, où les faibles ressources ne permettaient pas toujours de fournir des vêtements neufs aux enfants, ou de chauffer le bâtiment correctement en hiver. Aux rêves d'avenir qui ne se réalisaient presque jamais, faute de moyens. À une époque, elle faisait partie de ces laissés-pour-compte du royaume. Ceux dont personne n'entend la voix.

Depuis des années, elle faisait du bénévolat à l'orphelinat, et ces enfants représentaient pour elle ce qui se rapprochait le plus d'une famille. Or aujourd'hui, le destin offrait la chance à l'une de ces oubliés de s'asseoir sur le trône. Allait-elle gâcher cette opportunité ? Pour parvenir à ses fins, elle se sentait capable de surmonter la morgue des courtisans. Elle était même prête à renoncer à sa carrière, car le jeu en valait la chandelle.

Et puis… À quoi bon le nier ? Il y avait Vasili.

Il était le premier membre de la famille royale qu'elle avait croisé, le jour de son arrivée au palais. Sa beauté virile l'avait subjuguée quand, vêtu de cuir, elle l'avait vu enfourcher une puissante moto noire. Elle avait été conquise par ses yeux dorés et ses cheveux châtains coupés court.

Il ne ressemblait pas à un prince tel qu'on se l'imaginait, et au fil du temps, elle s'était sentie de plus en plus attirée par lui. Ce n'était donc pas étonnant qu'elle se soit emballée à l'idée de l'épouser, aussi irréaliste que cette idée lui ait paru au début.

Contrairement aux autres membres de la famille royale, il prenait toujours le temps d'échanger quelques mots avec le personnel. Il était toujours souriant, sauf quand il pensait que personne ne le regardait. Mais elle l'avait surpris à plusieurs reprises. Si elle l'observait souvent à la dérobée, Helia ne se faisait pas d'illusions. Lui ne l'avait jamais remarquée. Quoi d'étonnant ? Elle était tout à fait ordinaire, et elle passait son temps dans la bibliothèque, où il ne mettait pas les pieds.

Son cœur avait bondi dans sa poitrine quand il était entré dans son royaume ce matin, mais l'expression de son visage l'avait retenue de lui signaler sa présence. Il semblait rongé par la lassitude et l'angoisse.

Toutefois, ce n'était pas parce qu'elle appréciait la personnalité du prince – ou plutôt du roi –, et qu'il lui plaisait, qu'elle ferait une bonne reine.

Elle était experte dans son domaine, mais elle ne connaissait rien à la politique, ni à la vie de cour. Quant à ses origines… Elle venait de nulle part, mais n'était-ce pas un atout, d'une certaine manière ? Vasili était né pour régner. Mais elle-même, ne lui apporterait-elle pas un regard neuf ?

Et si on considérait leurs différences comme une complémentarité, ils pourraient réaliser de grandes choses ensemble. Sa décision fut prise.

— J'accepte de l'épouser, déclara-t-elle.

Assis dans un confortable fauteuil blanc, Vasili parcourut du regard le bureau de Leander. Son bureau maintenant. Il venait rarement dans cette pièce qui incarnait le siège du pouvoir et qu'il détestait quand il était enfant. Cependant, il s'était réjoui des aménagements que Leander y avait apportés. Les magnifiques fresques historiques ornaient toujours les murs, mais tout le mobilier était moderne. La lumière pénétrait par les hautes fenêtres cintrées, éclairant les canapés blancs et le fauteuil où il était assis. Tout au fond se trouvait une table de réunion, et devant la fenêtre, avec Thalonia et la mer en toile de fond, trônait un bureau gigantesque.

Ce lieu reflétait parfaitement le caractère de Leander et sa vision pour son royaume. Son frère voulait concilier modernité et tradition.

Contrairement à Vasili, qui n'avait que faire des traditions.

Il poussa un soupir. Il n'aurait jamais dû s'emporter, tout à l'heure dans la bibliothèque. Mais l'idée qu'Andreas et Carissa essayent de lui imposer une épouse l'avait fait sortir de ses gonds.

Tout comme ses parents, leur loyauté allait exclusivement à la Couronne, et peu leur importait si c'était au détriment de Vasili. Il était conscient qu'ils étaient malheureux que ce soit lui qui monte sur le trône. Mais ils devraient s'en accommoder, tout comme lui-même s'habituait peu à peu à cette idée.

S'il était prêt à leur accorder un peu de temps, il refusait en revanche de laisser ses conseillers « de confiance » lui choisir une épouse. À tête reposée, il reconnaissait toutefois qu'il avait poussé l'esprit de rébellion un peu trop loin en décrétant qu'il allait épouser la bibliothécaire.

Un grognement lui échappa tandis qu'il se remémorait l'instant où il avait désigné… Seigneur ! Il ne connaissait même pas son nom ! Ce qui ne l'avait pas empêché de remarquer – au milieu de ce moment de folie – la beauté stupéfiante de la jeune femme, dont les yeux turquoise lui évoquaient la couleur de la mer entourant l'île.

Mais en voulant punir Andreas de son insensibilité face au chagrin que lui causait la mort de son frère, il avait pris une décision inconsidérée.

Tant d'événements s'étaient succédé depuis ce matin, quand il s'était réveillé avec deux femmes dans son lit. Persuadé qu'il s'agissait d'un jour comme les autres, il avait prévu d'aller sur la côte, où une fête somptueuse devait avoir lieu dans la soirée. Il était d'ailleurs toujours temps de se mettre en route. Il pourrait s'éloigner du palais et tout oublier pendant quelques heures.

Poussant un soupir résigné, il se leva et se dirigea vers la grande fenêtre pour contempler Seidon qui s'étalait sous ses yeux. Plus que jamais, il était tenté d'abdiquer. Il joua quelques instants avec l'idée de tout plaquer et de poursuivre la vie agréable qu'il menait jusqu'à présent.

Il venait de décider qu'une balade à moto l'aiderait à y voir plus clair quand il entendit la porte s'ouvrir. Il devina l'identité de l'importun avant même qu'il eût parlé.

— Ah, je vous trouve enfin, Votre Majesté, dit Andreas en refermant doucement la porte derrière lui.

Vasili se retint de lui ordonner de sortir. Tout comme il se retint de lui demander s'il avait fini de terroriser la bibliothécaire. Même s'il n'avait pas reçu la même formation que Leander, Vasili savait faire bon usage du silence comme démonstration de puissance, et son intuition lui soufflait qu'il devrait toujours exercer ce pouvoir avec Andreas.

Il se tourna lentement et toisa le secrétaire privé. Son regard suffit à faire s'immobiliser celui-ci au milieu de la pièce.

— Nous nous sommes entretenus avec Helia Demetriou, monsieur, dit-il après s'être éclairci la voix. Et je ne peux que vous conseiller de revoir votre décision. Elle n'est pas celle dont le royaume a besoin. Dans les circonstances dramatiques que nous traversons, la monarchie doit incarner la stabilité, que ce soit aux yeux de vos sujets, ou de nos partenaires sur la scène internationale. À vos côtés, la reine doit être une femme qui s'est préparée toute sa vie pour ce rôle. Or nous n'avons pas le temps de former Mlle Demetriou dans un délai si court. Pour rassurer tout le monde, il faut que votre mariage et votre couronnement aient lieu le plus tôt possible.

Il s'interrompit pour reprendre son souffle.

— J'espère que vous me permettrez de vous parler librement, reprit-il.

— N'est-ce pas ce que vous faites depuis toujours ?

Andreas ne releva pas son sarcasme.

— Mlle Demetriou a fini par accepter, poursuivit-il. Si nous avions beaucoup de temps devant nous, nous pourrions essayer de la former pour faire d'elle une future reine. Malheureusement, le temps nous est compté, et le résultat n'est pas garanti. Aussi, Carissa et moi avons envisagé une meilleure solution.

Maîtrisant la colère que l'outrecuidance du conseiller faisait naître en lui, Vasili demanda d'un ton faussement conciliant :

— Que me proposez-vous ? Un mariage avec une femme que *vous* auriez choisie et avec laquelle je n'aurais rien à voir ?

— Pas nécessairement. Nous pensons que la princesse Allegra reste une option raisonnable... Son mariage avec le roi Leander a été planifié, les fournisseurs sont confirmés...

— Vous devez avoir perdu la tête ! Il est hors de question que j'épouse la fiancée de Leander.

Toute sa vie, il avait été un prince « de rechange », et maintenant on lui demandait de jouer le bouche-trou dans le mariage d'un autre ? Quelle idée détestable !

— Elle est parfaitement prête à endosser les responsabilités qui attendent une reine. De plus, vous la connaissez.

— Je n'ai pas dû lui adresser la parole plus de deux fois dans ma vie ! C'est un peu léger comme base pour un mariage.

— Puis-je vous faire remarquer que vous connaissez encore moins Mlle Demetriou ?

C'était vrai. Mais pour une raison mystérieuse, il la préférerait à n'importe quelle altesse royale. De plus, s'il fallait un peu de temps pour la préparer à son rôle de future reine, cela ne le dérangeait pas, au contraire. Lui-même emploierait ce délai pour s'habituer à sa nouvelle vie.

— Vos parents se connaissaient depuis l'enfance, reprit

Andreas. Votre mère était issue de la vieille aristocratie, et ils ont été les monarques les plus aimés de notre histoire.

Mais ses parents n'éprouvaient pas d'amour l'un pour l'autre. Et ils n'avaient eu aucune affection pour lui, leur fils.

— Je vous l'ai déjà dit et je le répète, Andreas. Je ne suis ni mes parents, ni Leander. Il y a toutefois un point que j'ai en commun avec eux, c'est que je ne tolérerai plus de votre part cette attitude qui dénote un manque de respect envers votre roi. Ma décision est prise et elle est irrévocable. À vous de vous débrouiller pour la mettre en œuvre. Ne vous avisez plus de discuter mes ordres. Maintenant, amenez-moi Mlle Demetriou. Je souhaite lui parler en tête à tête.

— Bien sûr, Votre Majesté.

Sans un regard vers Andreas qui sortit en masquant de son mieux son dépit, il retourna près de la fenêtre.

Pourquoi Helia Demetriou avait-elle accepté de l'épouser ? Il allait chercher à le découvrir, et il lui donnerait l'occasion de se rétracter. Pas pour complaire à ses conseillers, mais par égard pour la jeune femme. Après tout, elle n'avait pas eu son mot à dire dans cette décision qu'il avait prise sans lui demander son avis, pratiquement par pur esprit de contradiction.

Elle entra dans le bureau quelques minutes plus tard, et Vasili eut le souffle coupé quand son regard se posa sur elle. Comment avait-il pu ne jamais remarquer auparavant une beauté aussi exquise ? Se souvenant qu'il l'avait fait venir pour une raison précise, il parvint à se ressaisir et il l'invita à s'asseoir.

— Votre Majesté, dit-elle en exécutant une brève révérence.

Puis elle s'assit, non sans lui avoir adressé un sourire qui acheva de le désarmer. La fraîcheur qu'elle dégageait, sa gaucherie attendrissante représentaient une véritable bouffée d'oxygène au milieu du cauchemar où il se débattait depuis ce matin et, pour la première fois depuis l'annonce de la mort de son frère, il eut envie de sourire.

— Compte tenu de la situation, je pense que nous avons dépassé le stade des formalités. Appelez-moi Vasili.

— Et moi, je m'appelle Helia, répondit-elle d'une voix douce.

Seigneur ! Elle lui faisait penser à un agneau parmi les loups. Elle ne méritait certainement pas de voir son destin lié à celui d'un don Juan cynique comme lui.

— Je vous demanderais bien comment vous vous sentez, mais j'imagine que vous n'avez pas de bonne réponse pour l'instant. Par ma faute, et je dois m'en excuser.

— Excuses acceptées, Votre... Vasili.

Elle avait légèrement rougi, comme si prononcer son nom la troublait. Cette réaction l'émut plus qu'il n'aurait voulu l'admettre, et il dut réprimer la folle impulsion de la toucher pour sentir la tiédeur de sa peau. Que lui arrivait-il ?

— Je suis conscient que je nous ai mis dans une situation compliquée, mais je veux que vous sachiez que vous pouvez être honnête avec moi. En fait, j'insiste sur ce point. Et je ferai de même. D'accord, Helia ?

Il attendit qu'elle acquiesce pour poursuivre :

— Pourquoi acceptez-vous cette folie ? On vous a certainement laissé la possibilité de refuser.

Ses boucles caramel ondulèrent joliment quand elle détourna la tête. Mais quand elle soutint de nouveau son regard, il se demanda comment il avait pu croire qu'elle était timide. Dans les yeux levés vers lui, il lisait à présent une fougue hors du commun, qu'il ne put s'empêcher de trouver très séduisante.

— Si, en tant que reine, je peux agir et aider les gens, de quelque manière que ce soit, je serais idiote de refuser. Je ne suis pas une aristocrate mais, justement, je représente ceux qui ont rarement voix au chapitre. Je sais mieux que quiconque ce que c'est que d'être invisible dans cette société.

Subjugué malgré lui par sa force de conviction, il se leva et vint s'asseoir sur le bord du grand bureau, veillant toutefois à ne pas la toucher.

— Que voulez-vous dire ?

Elle ne répondit pas. Il comprit qu'elle n'était pas prête à partager ses secrets, et c'était son droit. Mais lui-même se devait de lui proposer toutes les options.

— Helia, vous n'êtes pas obligée d'accepter. Si vous pensez que certaines personnes sont laissées de côté dans le royaume, et que vous pourrez être leur voix, j'écouterai ce que vous avez à dire. Vous n'avez pas besoin de sacrifier votre vie pour cela. Le choix reste toujours entre vos mains.

Helia essayait désespérément de calmer les battements erratiques de son cœur. Celui-ci s'était emballé dès qu'elle avait franchi le seuil du bureau. Cela faisait deux ans qu'elle travaillait au palais, et elle avait toujours su se comporter avec réserve et courtoisie en présence des membres de la famille royale. Toutefois, aujourd'hui, par sa seule présence, le nouveau roi l'avait profondément troublée. Au point qu'elle devait fournir un effort considérable pour se concentrer sur ce qu'il lui disait. Cette situation était tellement extraordinaire ! Il lui avait demandé d'être honnête, mais pouvait-elle vraiment exprimer le fond de sa pensée sans faire preuve d'une audace qu'il jugerait déplacée ? Sa nervosité n'arrangeait rien.

— Je suis consciente que le choix me revient…

Elle s'interrompit, se demandant soudain si elle ne commettait pas une erreur. Jamais elle ne serait l'égale du roi. Mais pouvait-elle gâcher cette chance d'aider l'orphelinat ?

Visiblement amusé par ses précautions oratoires, il lui adressa un petit sourire d'encouragement.

— Vous avez accepté d'être reine. Comment ferons-nous si vous n'arrivez pas à me parler ? Voilà ce que je vous propose :

Faisons un échange. Je vous offrirai une pensée si vous m'en offrez une. Cela vous convient ?

Il prit son hochement de tête pour un accord.

— Je me demande si vous avez accepté de m'épouser en toute connaissance de cause. Je sens que vous êtes nerveuse et je me dois de vous prévenir que le monde dans lequel je vis est plus cruel que vous ne vous l'imaginez sans doute. Le supporterez-vous ?

Helia n'avait pas réalisé à quel point il était perspicace. Comment l'aurait-elle pu ? Elle n'avait jamais eu l'occasion de le côtoyer. Quoi qu'il en soit, elle reconnaissait que les paroles du roi faisaient écho à ses propres appréhensions. Elle ignorait tout de ce qu'on attendait d'une reine et, aussi honorables que soient ses intentions, la perspective d'un échec spectaculaire la hantait. Mais c'était à son tour maintenant de partager ses pensées et ses doutes.

— Je n'ai pas l'impression que vous souhaitiez vous marier...

Elle n'aurait su dire si c'était le mariage en général qui le rebutait, ou si c'était elle. Après tout, elle était une jeune femme tout à fait ordinaire, à l'opposé des créatures sublimes qu'il fréquentait habituellement, à en croire les journaux.

— Je suis certaine que vous n'étiez pas obligé. Vous êtes le roi. De plus, vous avez le droit de faire votre deuil d'abord.

À sa grande surprise, l'expression de son compagnon s'assombrit.

— Détrompez-vous. Autant que vous le sachiez dès maintenant. Le fait d'appartenir à la famille royale réduit drastiquement vos choix, au lieu de les élargir. Si vous persistez à vouloir m'épouser, ce sera la dernière grande décision que vous prendrez par vous-même. Ensuite, tout ce que vous ferez, tout ce que vous direz, sera observé et disséqué. Et pas seulement par Andreas et Carissa, qui ne représentent qu'un avant-goût de ce que sera votre vie.

— Les princes et les rois ne sont pas les seuls à ne pas avoir de véritables choix, fit-elle remarquer. C'est aussi généralement le cas pour les gens ordinaires.

Elle avait subi ces entraves pendant la plus grande partie de son existence. Quel choix avait-elle eu, à part celui de survivre ? Aujourd'hui, elle exerçait un métier qui la passionnait et elle en vivait confortablement, mais elle savait que, si c'était nécessaire, elle serait de nouveau capable d'affronter l'adversité.

— Quoi qu'ait pu vous raconter Andreas, vous n'avez rien d'ordinaire, répliqua Vasili.

Elle ne pouvait nier qu'elle avait désespérément envie de croire qu'il la considérait comme quelqu'un de spécial. Elle réalisait à quel point elle était étrangère à ce monde, mais cela ne l'empêchait pas de vouloir mieux connaître Vasili. Au point d'oublier l'enjeu crucial, c'est-à-dire savoir si elle avait l'étoffe d'une reine, ou les raisons qui la poussaient à désirer le devenir.

— Ce que je veux vous faire comprendre, Helia, c'est que si vous acceptez, votre vie ne sera pas facile.

— La vie n'est pas facile de toute façon.

Craignant d'en dire trop, elle se mordit la lèvre. Elle découvrit alors que le regard de son compagnon s'était assombri tandis qu'il fixait... sa bouche. L'atmosphère entre eux devint soudain électrique. À son tour, elle baissa les yeux vers les lèvres du roi mais, troublée par la vague de chaleur qui l'envahit, elle s'empressa de les relever aussitôt. Quand il reprit la parole, la voix de Vasili était basse et légèrement rauque.

— Non, effectivement, dit-il. Mais je m'en veux de vous avoir mêlée à cette histoire. J'ai pris cette décision essentiellement pour...

— Choquer ? proposa-t-elle.

Les lèvres de Vasili esquissèrent un sourire qui la fit fondre.

— Oui, admit-il. Et aussi pour gagner un sursis.

— Les prochaines semaines vont être difficiles, prévint-il.

— Je m'en doute. Mais je ne changerai pas d'avis.

— Pourquoi ?

Elle détourna le regard et il dut faire un effort considérable pour ne pas tendre la main vers elle et la réconforter.

— Beaucoup de gens m'ont aidée au cours de ma vie, dit-elle finalement. En tant que reine, je peux leur rendre la pareille. Personne ne se soucie d'eux, mais moi je le ferai.

— Vous renoncez à avoir une vie normale. Est-ce vraiment ce que vous voulez ?

Quand elle se tourna de nouveau vers lui, sa voix était ferme.

— Non. Mais il faut s'arranger avec les cartes qu'on nous a distribuées. Puis-je vous poser une question ?

— Bien sûr.

— Vous n'avez aucune envie de vous marier...

— C'est vrai. Je ne le voudrai probablement jamais.

— Alors, que voulez-vous vraiment ?

Voilà la question que Vasili avait attendue en vain toute sa vie. Malheureusement, la seule personne qui ait songé à la lui poser n'avait pas le pouvoir de changer quoi que ce soit. Mais, fidèle à sa promesse d'être honnête, il lui répondit.

— Ce que j'aimerais vraiment ? Ne pas monter sur le trône. Quitter le royaume.

— Qu'est-ce qui vous en empêche ?

— Malgré mon envie d'abdiquer, l'avenir de tout un peuple repose sur mes épaules. Je ne peux pas me dérober aux responsabilités pour lesquelles je suis né.

Il détestait la note défaitiste qu'il perçut dans sa voix, mais la réalité s'était peu à peu imposée à lui. Il n'avait pas d'autre choix que d'être roi. Et soit il épousait la femme magnifique qui se tenait devant lui, soit une princesse approuvée par ses conseillers.

— Et qu'est-ce que cela implique pour nous ? demanda Helia.

Il réalisa qu'il avait mis trop de temps à répondre quand il vit qu'elle s'était levée et commençait à se diriger vers la porte. L'idée de la voir disparaître lui fut insupportable. Repoussant l'abattement qui l'avait envahi, il s'élança à sa suite.

En quelques enjambées, il la rattrapa. Au moment où elle posait la main sur la poignée, il plaqua sa paume contre le montant, l'empêchant de sortir. À cette faible distance, elle lui parut soudain menue et fragile. Et encore plus attirante. Il se pencha vers elle et, passant naturellement au tutoiement, il murmura contre son oreille :

— Réfléchis bien, Helia. Es-tu sûre de vouloir aller jusqu'au bout ? Mon univers n'est pas peuplé de personnes gentilles. Il est plein de gens comme moi.

Elle pivota lentement sur elle-même et s'adossa à la porte. La flamme qui l'avait séduit tout à l'heure dansait de nouveau dans son regard.

— Tu es le roi maintenant, dit-elle sur un ton de défi. C'est à toi de décider ce que tu feras de cette couronne.

Il ne pouvait nier qu'elle éveillait sa curiosité plus qu'aucune femme ne l'avait jamais fait. Il mourait d'envie de la toucher, de caresser son visage délicat, de goûter la saveur de ses lèvres. Au-delà de l'attirance physique indéniable, elle le fascinait et il aurait voulu en savoir davantage sur elle.

Comment se faisait-il, par exemple, qu'en sa présence il respirait plus librement ? Comme si elle avait le pouvoir de repousser les forces qui tentaient de l'étouffer.

Cette sensation agréable acheva de le convaincre qu'il prenait la bonne décision.

— Puisqu'il semblerait que ni toi ni moi n'ayons vraiment le choix, nous allons donc nous marier, déclara-t-il en reculant d'un pas. Mais je dois t'avertir. À partir de maintenant, ta vie telle que tu la connaissais est terminée. Je suis désolé.

3

Helia se tenait dans l'antichambre de sa suite, qui par sa taille faisait office de salle de réception. Elle ne s'était pas encore remise du choc qu'elle avait éprouvé quand on l'avait conduite dans ses nouveaux appartements, le jour où elle avait accepté de devenir reine. L'antichambre à elle seule était pratiquement aussi vaste que son appartement en ville, et des fresques magnifiques ornaient le plafond.

Les événements s'étaient enchaînés sans qu'elle ait eu le temps de réaliser ce qui se passait. On ne l'avait même pas autorisée à rentrer chez elle. Ses affaires lui avaient été livrées au palais.

Deux semaines. C'est le temps qui s'était écoulé depuis qu'elle avait donné son accord pour épouser Vasili. Et depuis, elle avait consacré chaque minute à ce qu'elle appelait ses « leçons de reine ».

Sa formation de bibliothécaire – et son goût pour la lecture – lui avait donné une solide culture générale, mais elle devait maintenant suivre des cours sur la politique, l'histoire de la monarchie et le protocole. De sa posture à ses manières à table, en passant par son apparence, chaque aspect de sa personne était scruté à la loupe puis perfectionné. Pour la première fois de sa vie, il lui arrivait de se sentir incompétente. Heureusement, la pensée de l'objectif qu'elle s'était fixé l'aidait à se soumettre à cet entraînement intensif. Ça, et la perspective que, quand elle serait reine, personne n'oserait plus lui imposer quoi que ce soit. Du moins l'espérait-elle.

Tout au long de sa formation, sa patience avait été mise à rude épreuve. En effet, ses professeurs ne se gênaient pas pour laisser échapper des commentaires sur le fait que ces leçons n'auraient pas été nécessaires si elle avait été une aristocrate. De toute évidence, elle avait bouleversé leurs plans.

Elle refusait toutefois de se laisser déstabiliser par leur dédain. Elle redressait fièrement la tête, et elle ne leur laissait pas voir que les paroles qu'elle surprenait parfois lui faisaient mal et ébranlaient le peu de confiance qu'elle avait en elle.

Ces deux semaines de frénésie étaient passées en un clin d'œil. Et maintenant elle était là, seule devant un immense miroir, vêtue de la robe de mariée la plus spectaculaire qu'elle ait jamais vue. Un long fourreau de satin et de dentelle qui épousait sa poitrine avant de retomber jusqu'au sol. Émerveillée par la matière somptueuse, elle effleura respectueusement la bande de dentelle qui enserrait le haut de ses bras, dévoilant ses épaules dorées. Elle avait du mal à croire que la femme qu'elle voyait dans le miroir était bien elle.

La longue traîne de dentelle lui rappelait l'écume des vagues lorsque celles-ci venaient se briser sur le rivage. La même image avait dû traverser l'esprit de la personne qui avait choisi ses bijoux, car un diadème de saphirs et de diamants ornait sa chevelure coiffée en un élégant chignon, étincelant comme la mer sous le soleil. Des saphirs brillaient aussi à ses oreilles, ajoutant une autre note de bleu.

Ce spectacle était tellement irréel, qu'une terrible angoisse l'étreignit. Avait-elle pris toute la mesure de ce qu'elle s'apprêtait à faire ? Et si les conseillers de Vasili avaient raison de douter de sa capacité à se comporter comme une reine digne de ce nom ?

Elle prit une profonde inspiration pour chasser ses doutes. De toute façon, il était trop tard pour reculer. Elle devait toujours garder à l'esprit ce qui avait motivé sa décision. Devenir reine était le seul moyen d'aider vraiment les laissés-pour-compte, les invisibles, comme elle lorsqu'elle était adolescente à l'orphelinat. Elle avait saisi cette chance unique que le destin lui avait présentée pour pouvoir enfin aider ceux qui comptaient le plus pour elle.

Elle ne se faisait pas d'illusions sur les embûches qui l'attendaient. Mais elle n'allait pas baisser les bras alors qu'elle touchait au but.

La réalisation de son rêve n'était cependant pas la seule raison qui la poussait à ne pas s'enfuir en courant. L'autre était qu'elle avait donné sa parole à Vasili. Il lui avait offert la possibilité de se rétracter, mais elle avait refusé. Et elle se sentait viscéralement liée par cette promesse.

Maintenant, elle devait trouver le moyen de le gagner à sa cause afin de pouvoir réaliser ses projets. En échange, elle apprendrait à devenir la reine dont il avait besoin pour partager ce fardeau qu'il n'avait accepté que par sens du devoir.

Au fur et à mesure que la date fatidique approchait, elle s'était sentie un peu abandonnée dans cet immense palais. Il n'y avait pas eu de répétition générale. Andreas et Carissa lui avaient simplement expliqué l'ordre selon lequel se déroulerait la cérémonie. Elle n'avait pas vu Vasili depuis deux semaines. Épuisée par ses longues journées d'apprentissage, elle n'avait pas cherché à entrer en contact avec lui, et lui, de son côté, n'avait pas donné signe de vie.

Elle traversait des moments de découragement où elle en venait à se demander si Vasili n'allait pas tout annuler au dernier moment. Il ne lui avait pas caché que le mariage ne l'intéressait pas. Pas plus que régner sur Thalonia. C'était ridicule, mais sa réticence l'avait blessée.

Afin de chasser les sombres pensées qui l'assaillaient, elle prit une profonde inspiration. Puis une autre. Mais ce fut un coup frappé à la porte qui l'arracha enfin à sa mélancolie.

Andreas entra dans la pièce, vêtu d'une queue-de-pie.

— Parfait, vous êtes prête.

Helia s'était habituée à ses entrées en matière directes, sans prendre le temps de la saluer, comme s'il était trop occupé pour perdre de précieuses secondes.

— Je dirais que... vous pourriez passer pour une reine, ajouta-t-il.

— Je dirais que cela pourrait passer pour un compliment, rétorqua-t-elle.

Sa situation vis-à-vis d'Andreas était insolite. Leurs rôles se trouvaient inversés. Il n'était désormais plus son patron et, une fois qu'elle serait reine, il deviendrait même son sujet. Pour l'instant, il la considérait toujours un peu de haut, mais elle était bien décidée à s'en faire un allié plutôt qu'un ennemi, car il connaissait mieux que personne les arcanes du pouvoir royal. Elle se faisait fort de l'amadouer, ainsi que le reste du personnel du palais.

— Peut-être..., dit-il sans se compromettre. Comment vous sentez-vous ?

— Plutôt mal, avoua-t-elle.

— C'était prévisible. Rappelez-vous ce que vous êtes censée faire et dire, et tout se passera bien.

Heureusement qu'elle n'attendait pas de lui qu'il la réconforte, car il n'était pas très doué pour encourager une jeune mariée.

— Le carrosse vous attend, reprit-il. Et ma proposition de vous conduire à l'autel tient toujours.

— Je vous remercie, mais ma réponse est toujours non.

— La tradition veut pourtant que la mariée n'entre pas seule dans l'église.

Ne désirant pas reprendre le débat sans fin sur le bien-fondé des traditions avec le conseiller, elle ne releva pas sa remarque.

Andreas lui avait offert de l'accompagner à plusieurs reprises, mais elle savait que c'était davantage pour l'image que cela renverrait que par gentillesse. Pour sa part, elle ne voyait pas d'inconvénient à remonter seule la travée centrale de la cathédrale. Son père était mort depuis longtemps et personne ne pourrait le remplacer. Tant pis pour la tradition !

— Allons-y, dit-elle fermement.

Andreas alla ouvrir la porte, et les dames d'honneur entrèrent. Chacune souleva un pan de la longue traîne en dentelle afin que celle-ci ne touche pas le sol, puis, ajustant leurs pas sur celui d'Helia, elles la suivirent à travers le palais. Arrivées dans la cour d'honneur, elles l'aidèrent à monter dans le carrosse d'apparat tiré par quatre magnifiques chevaux blancs qui l'attendait pour la conduire à la cathédrale.

Alors qu'il se tenait devant l'autel de la cathédrale de Seidon, Vasili ne s'était jamais senti aussi seul, malgré les nombreux invités. Les caméras de télévision omniprésentes ajoutaient à son impression de participer à une mascarade et ôtaient à ses yeux toute dimension sacrée à ce mariage.

L'esprit ailleurs et pressé d'en finir, il parcourait du regard la grande nef. Les piliers croulant sous la blancheur des compositions florales se dressaient fièrement de part et d'autre. Les grands vitraux laissaient filtrer la lumière qui éclairait les rangées d'invités prestigieux, vêtus de leurs plus beaux atours, attendant l'arrivée de la future reine.

Lui-même portait son uniforme de cérémonie. Une ceinture dorée ceignait sa taille, à laquelle était attachée une épée. Il trouvait cet accoutrement ridicule mais, une fois encore, il n'avait pas eu d'autre choix que de l'endosser. Depuis son accession au trône, il était constamment en représentation. Il devait offrir l'image qu'on attendait d'un roi, incarner la force et la majesté.

Une sorte de mélancolie le gagnait à la pensée que ce mariage aurait dû être celui de Leander, et ravivait son sentiment de perte. Un roi était mort, un autre le remplaçait. Après les festivités du mariage aurait lieu le couronnement. Tout cela avait un côté glaçant.

Toutefois, au cours des deux semaines écoulées, il avait fini par admettre qu'il était le successeur légitime de son frère. Qu'il le veuille ou non, lui aussi était né pour monter sur le trône, même s'il ne le devait qu'à un tragique coup du sort.

Pendant tout ce temps, il n'avait pas cherché à revoir Helia, mais la jeune femme occupait une grande partie de ses pensées. Et surtout de ses rêves. Combien de fois s'était-il réveillé au milieu de la nuit, pantelant et le sexe durci, après avoir revécu en songe les quelques minutes où il l'avait pratiquement plaquée contre la porte de son bureau ?

Andreas l'informait quotidiennement des progrès de la jeune femme, non sans – subtilement – continuer de marquer sa désapprobation vis-à-vis du choix de son roi. Embarrassé par les réactions qu'elle provoquait en lui, Vasili avait préféré garder ses distances. Il se demandait à présent si cela n'avait pas été une erreur. N'aurait-il pas dû, au contraire, prendre le temps de mieux faire la connaissance de sa future épouse ? En profiter pour découvrir leurs éventuels points communs ? Ce qu'elle aimait, en dehors des livres. Et surtout, comprendre les raisons profondes qui l'avaient poussée à accepter ce mariage ? En effet, il ne pouvait pas croire qu'elle possédait à ce point le sens du sacrifice.

Bien qu'il soit trop tard pour s'en soucier, il se demanda aussi comment elle avait réagi à son absence. Livrée aux conseillers et aux dames d'honneur – une belle bande de snobs ! –, elle avait dû se sentir bien seule. Il regrettait maintenant de ne pas lui avoir donné de moyen de le contacter, alors que c'était lui qui l'avait entraînée dans cette histoire. Il comprendrait parfaitement si elle changeait d'avis à la dernière minute et il s'attendait à voir arriver d'un instant à l'autre Andreas, qui lui annoncerait qu'Helia était partie. Pour une raison inexplicable, la perspective de ne pas la revoir lui parut insupportable.

Le murmure qui monta de la foule des invités mit un terme à ses réflexions. La chair de poule hérissa ses bras tandis que les notes sublimes d'un unique violon résonnèrent sous les hautes voûtes de l'église.

Mais aussi belle que soit la musique, ce n'est pas elle qui lui coupa le souffle. Ce fut l'apparition dans l'embrasure de la porte monumentale de la femme qu'il s'apprêtait à épouser. Nimbée d'un halo de lumière – semblable à une couronne divine – provenant de la place écrasée sous le soleil, sa chevelure était domptée en un chignon dont s'échappaient quelques boucles caramel. Il perçut des exclamations vite étouffées. De toute évidence, il n'était pas le seul à être ébloui.

Comme lui, elle était seule. Leurs regards s'accrochèrent et, tandis qu'elle s'avançait lentement vers lui, il ne put s'empêcher de songer qu'elle dégageait un calme et une force dignes d'une reine. Sa traîne, tel un océan de dentelle, glissait derrière elle comme si les vagues lui emboîtaient le pas. Il n'imaginait pas de reine plus parfaite. Et une fois encore, il se demanda comment il avait pu ne jamais la remarquer jusqu'à présent.

Elle était d'une beauté bouleversante.

Un sentiment de culpabilité s'insinua brusquement en lui. À cause du coup de tête d'un prince rebelle, et parce qu'elle s'était trouvée au mauvais endroit au mauvais moment, elle avait renoncé à une vie qui la satisfaisait sans doute. Lui-même s'apprêtait à monter sur le trône à contrecœur et à s'engager dans un mariage sans amour… Mais avait-il le droit d'imposer le même destin à une innocente ? Elle méritait une existence de pur bonheur. D'autant qu'il avait cru comprendre que sa vie n'avait pas toujours été joyeuse, même si elle rechignait à en parler.

Mais il était trop tard pour annuler le mariage maintenant. Ce serait cruel et mettrait Helia dans l'embarras.

La jeune femme était à présent parvenue à sa hauteur. Elle lui adressa un imperceptible sourire, qu'il lui rendit. Quand il lui prit la main pour l'inviter à monter la petite marche menant à l'autel, le contact de sa paume déclencha un curieux picotement dans sa main, comme s'il avait reçu une légère décharge électrique.

— Bonjour, Vasili, murmura-t-elle.

Il aurait juré lire le soulagement sur son visage. Avait-elle craint qu'il lui fasse faux bond ?

— Helia.

Cette fois, il lui sourit franchement. Puis, n'y tenant plus, il effleura son bras que couvrait à peine une fine dentelle. Le petit rire amusé de l'évêque le rappela à la réalité et il retira sa main.

La cérémonie commença, mais il était incapable de prêter attention aux paroles du prêtre. Il prit les mains d'Helia dans les siennes et, immédiatement, un grand calme l'envahit, comme lors de leur première entrevue. Plus rien ne comptait, sauf la présence de la jeune femme à ses côtés, le courant sensuel qui passait indéniablement entre eux. Elle dut s'apercevoir de sa distraction, car elle le rappela gentiment à l'ordre.

— Vasili..., murmura-t-elle.

Quand il entendit l'évêque s'éclaircir la gorge, il comprit que le moment était venu pour eux d'échanger leurs vœux. Il réussit à prononcer avec un semblant de conviction ces mots auxquels il ne croyait pas, puis il glissa au doigt de sa compagne le diamant bleu monté sur platine, serti de deux diamants blancs plus petits. Ce bijou était dans sa famille depuis des générations, mais aucune reine ne l'avait jusqu'à présent porté. Toutes avaient opté pour des joyaux plus tape-à-l'œil, mais il ne pouvait imaginer un choix plus approprié pour Helia. La jeune femme était différente de toutes celles qui l'avaient précédée, et cela valait la peine d'être célébré.

Puis ce fut le tour d'Helia de prononcer ses vœux.

— Vasili, je te prends pour époux, pour le meilleur et pour le pire, pour t'aimer et te chérir. Et je te soutiendrai, *toi seul*, pour le reste de nos jours.

Il aurait été incapable de nommer le sentiment qui l'envahit en entendant ces derniers mots de son cru qu'elle avait ajoutés aux paroles rituelles. Il eut la confirmation de ce qu'il soupçonnait déjà, c'est-à-dire qu'elle avait un caractère bien trempé et que personne ne lui dicterait sa conduite. Il ne put s'empêcher de sourire. Elle le soutiendrait, *lui seul*. Peu lui importait Andreas, ou Carissa, ou les exigences de ses fonctions. Elle venait d'annoncer à tout Thalonia qu'elle serait *sa* partenaire.

Tu es le roi maintenant. C'est à toi de décider ce que tu feras de cette couronne.

Et elle le soutiendrait pour qu'il y parvienne.

— Vous pouvez maintenant embrasser la mariée.

Le moment qu'il attendait et redoutait à la fois était arrivé. Cela faisait deux semaines qu'il rêvait de l'embrasser, depuis qu'il avait failli céder à la tentation, dans son bureau.

Sans lâcher les mains de la jeune femme, il se pencha vers elle. Conscient de l'endroit où ils se trouvaient, son intention avait été de déposer un chaste baiser sur ses lèvres. Mais au contact de sa bouche féminine, le piège se referma sur lui.

Une vague de chaleur se propagea dans tout son corps tandis qu'il l'enlaçait. Quand il sentit les mains de sa compagne se poser sur son torse, toute pensée cohérente le déserta. Comment un baiser innocent pouvait-il le bouleverser à ce point ? Jamais il n'avait éprouvé une sensation pareille.

Oubliant le monde qui les entourait, il prit le visage d'Helia en coupe entre ses mains et approfondit son baiser. Comme s'ils s'étaient déjà embrassés des milliers de fois, la jeune femme entrouvrit les lèvres et leurs langues se mêlèrent en une joute sensuelle. Lui qui tout à l'heure cherchait en vain la dimension sacrée dans ce mariage eut une révélation mystique au simple contact de ses lèvres si douces.

Quelques applaudissements polis et un petit rire discret finirent par les ramener à la réalité. Il s'écarta à contrecœur de son épouse, non sans remarquer son regard embrumé qui lui rappelait une mer déchaînée. De toute évidence, ce baiser l'avait autant affectée que lui.

Et déjà il pressentait que ce mariage aurait peut-être de bons côtés, après tout.

4

Conformément au protocole, le couronnement suivit immédiatement la cérémonie du mariage.

Quand elle se fut agenouillée sur le prie-Dieu placé devant l'autel, à côté de Vasili, Helia coula machinalement un regard vers lui à la dérobée et découvrit qu'il serrait la mâchoire. Se pouvait-il qu'il soit aussi nerveux qu'elle ? À vrai dire, en ce qui la concernait, c'était plus que de la nervosité. Elle éprouvait une véritable angoisse à l'idée d'échouer dans son rôle de reine. N'avait-elle pas déjà commis un premier faux pas en ajoutant sa touche personnelle aux vœux qu'elle avait prononcés ? Mais elle avait estimé qu'elle devait lui montrer qu'elle était de son côté. Dans l'espoir qu'ainsi il la soutiendrait aussi ?

Plongée dans ses réflexions, elle perdit toute notion du temps et elle n'aurait su dire combien de minutes ou d'heures dura la cérémonie. Comme dans un rêve éveillé, elle prononça le serment qu'on attendait de la reine. Elle comprit que le couronnement était terminé quand Vasili lui offrit son bras.

Priant pour qu'il n'ait pas remarqué sa distraction, elle lui sourit, posa la main sur le bras du roi, puis ils redescendirent la travée centrale jusqu'aux portes de la cathédrale, devant laquelle les attendait le carrosse du couronnement.

Quand ils furent parvenus sur le perron de l'église, elle plaqua un sourire sur ses lèvres et elle salua la foule qui les acclamait, résolue à gagner la sympathie de ses sujets.

Tout au long du trajet les ramenant au palais, elle évita soigneusement de regarder Vasili, dont la présence si proche faisait vibrer chaque fibre de son corps. Elle se tourna obstinément vers la rue, où la population s'était amassée pour voir passer le nouveau monarque et sa reine. Elle savait que, si leurs regards se croisaient, elle serait incapable de masquer l'attirance qu'elle éprouvait pour lui. Ce serait d'autant plus embarrassant qu'elle ignorait si le désir qu'elle avait cru lire dans son regard avant qu'il l'embrasse était réel, ou seulement le fruit de son imagination.

Lorsque le carrosse s'immobilisa dans la cour d'honneur du palais, Vasili en descendit le premier. Elle s'apprêtait à descendre à son tour quand, à sa grande surprise, il la prit par la taille. Puis, les yeux rivés aux siens, il la souleva. L'espace d'un instant, elle savoura la sensation de ses mains masculines qui la tenaient fermement, comme s'il lui assurait par ce geste qu'il ne la laisserait jamais tomber…

Voilà qu'elle s'égarait de nouveau ! Elle étouffa l'espoir qui venait de naître en elle, et Vasili la relâcha une fois que ses pieds eurent touché le sol.

— Tu es prête pour une nouvelle représentation, Helia ?

— Oui. Et toi ?

— Non, mais allons-y quand même.

— J'ai l'impression que cela pourrait être le thème de notre règne, dit-elle en éclatant de rire.

Son rire était destiné à masquer le trouble où la jetait la présence si proche de son séduisant nouveau mari. Sa gaieté sembla le désarçonner un bref instant, mais il se reprit et rit doucement.

— Venez, Votre Majesté, dit-il. Un public conquis vous attend.

Elle lui fut reconnaissante de sa tentative d'alléger l'atmosphère.

Il devait lui en coûter, car il détestait ce rôle qu'il lui fallait jouer tout autant qu'elle.

Ils n'échangèrent plus une parole tandis qu'ils montaient le grand escalier menant au premier étage. Quand ils furent parvenus devant une porte vitrée à double battant donnant sur le balcon, il s'immobilisa. Ôtant le bras qu'il avait glissé sous le sien, il lui fit face et posa les mains sur ses épaules. Comme s'il voulait qu'elle le regarde, lui seul.

Était-il à ce point inconscient de la fascination qu'il exerçait sur elle qu'il pensait qu'elle était capable de regarder ailleurs ?

— Une fois que nous apparaîtrons sur ce balcon, tu n'auras plus de vie privée. Tu as peut-être encore besoin de quelques instants avant de te jeter à l'eau ?

Elle avait appréhendé ce moment tout au long de la matinée. Le mariage et le couronnement s'étaient déroulés devant un public relativement restreint – même si les cérémonies étaient retransmises à la télévision. Mais maintenant, elle allait vraiment faire ses premiers pas de reine, face à tout un peuple. Elle n'avait pas le droit à l'erreur, si elle voulait faire honneur à Vasili. Elle se retint de lui avouer qu'elle avait l'impression d'être une usurpatrice.

— Je ne te cache pas que je suis nerveuse. Mais à quoi bon retarder ce moment inévitable ?

Quand il lui prit la main, entrelaçant leurs doigts, elle n'aurait su dire si c'était le contact de sa paume tiède qui fit s'accélérer les battements de son cœur, ou la perspective d'affronter leurs sujets. Mais une sorte d'exaltation l'emplit au moment où deux valets écartèrent les portes vitrées et qu'ils sortirent sur le balcon pour saluer la foule.

Écrasé par le poids de ses nouvelles responsabilités, Vasili n'aurait su dire si les Thaloniens assemblés en masse devant les grilles du palais avaient applaudi, acclamé ou agité des drapeaux pour saluer leurs nouveaux souverains. Il était douloureusement conscient que, s'il échouait, c'était son peuple qui en pâtirait, beaucoup plus que lui. Il constata avec satisfaction qu'Helia semblait parfaitement à l'aise. Avec la dignité d'une vraie reine, elle saluait gracieusement la population venue leur rendre hommage. Andreas et Carissa, qui se tenaient derrière la porte vitrée, devaient être rassurés.

La foule attendait qu'il embrasse sa reine mais, redoutant de se trouver de nouveau aspiré par la spirale sensuelle à laquelle il avait succombé à l'église, il préféra s'abstenir, quitte à décevoir ses sujets.

Dès qu'ils furent de retour à l'intérieur, il remit sa cape de cérémonie à un valet et, après avoir intimé d'un regard à Andreas de ne pas les suivre, il escorta Helia jusqu'aux appartements royaux.

L'immense suite occupait pratiquement toute une aile du palais. Au-delà du luxueux salon, deux doubles portes donnaient accès aux chambres à coucher. Il préféra néanmoins ne pas s'aventurer au-delà de l'espace neutre que représentait le salon.

— Mets-toi à l'aise. C'est ici que tu vivras.

— Tu ne restes pas avec moi ?

Conscient de se comporter comme un mufle, Vasili ne lui répondit pas. Il ne pouvait quand même pas lui avouer qu'il n'avait d'autre choix que de la fuir parce qu'il mourait d'envie de l'embrasser de nouveau. Toutes ces émotions contradictoires qui s'entrechoquaient en lui le perturbaient et il avait besoin de se retrouver seul pour faire le point.

— S'il te faut quoi que ce soit, tu peux appeler le majordome.

Son attitude distante la déstabilisait visiblement, mais elle se ressaisit rapidement et afficha une expression impénétrable.

— Vasili, je pense m'être montrée à la hauteur de ce qu'on attendait de moi aujourd'hui. J'ai prouvé que tu pouvais compter sur moi et j'espérais que je pouvais en attendre de même de toi.

Elle avait prononcé ces dernières paroles sur un ton de défi qui le toucha plus qu'il n'aurait voulu l'admettre. Mais elles sonnaient un peu trop comme un ultimatum.

— Ne t'inquiète pas, Helia, tu as été parfaite aujourd'hui et le fait que je franchisse cette porte ne ternira pas l'image de notre mariage. Mais sache que je ne laisserai personne, pas même toi, me dicter ma conduite.

Il avait dû se montrer convaincant, car elle n'insista plus. Il quitta la suite royale et se dirigea résolument vers ses propres appartements.

Là, il se débarrassa de son baudrier et de son épée, avant de s'affaler dans un grand fauteuil de cuir sombre. Cette chambre était son sanctuaire. Dès l'adolescence, il en avait banni toutes les fioritures qui encombraient les autres salles du palais. La pièce était moderne, avec un plancher en chêne sombre et des murs bleus qui lui donnaient l'impression d'évoluer dans les profondeurs marines. L'œuvre d'art accrochée au-dessus de sa tête de lit rappelait également la mer. Aujourd'hui, cependant, il ne trouva pas la sérénité que lui procurait habituellement ce lieu.

Tout ça parce qu'il était incapable d'oublier le baiser qu'il avait échangé avec Helia. Si le couronnement, puis le retour en carrosse vers le palais et la brève conversation qu'ils avaient eue dans l'appartement royal avaient été un tel supplice, c'est qu'il avait passé tout ce temps à se retenir de l'embrasser de nouveau.

Pourquoi n'avait-il pas cédé à son désir ? Parce qu'il pressentait qu'il aurait été incapable de se contenter d'un simple baiser, aussi passionné soit-il. Aussi avait-il préféré prendre la fuite.

Cet unique baiser ne ressemblait à rien de ce qu'il avait vécu jusqu'à ce jour. Il avait déclenché en lui un flot de sensations inconnues, allant au-delà du simple plaisir physique. Soudain, il avait eu *besoin* d'Helia, lui qui n'avait jamais eu besoin de personne. L'alchimie qui existait entre eux était tout simplement incroyable. Pendant quelques instants, il s'était dit qu'il pourrait peut-être retirer du plaisir de ce mariage, mais la voix de la raison l'avait rappelé à l'ordre.

Il ne pouvait nier qu'elle exerçait déjà sur lui un mystérieux pouvoir. Si un simple baiser le mettait dans un tel état, il n'osait imaginer ce qu'il éprouverait s'ils faisaient l'amour. Or il ne pouvait pas prendre le risque de s'investir émotionnellement.

Restait aussi la question de leur descendance. Si cela ne tenait qu'à Vasili, la monarchie s'éteindrait avec lui. Il n'avait aucune envie d'infliger à ses enfants la vie sous cloche que son frère et lui avaient connue. Qu'en était-il d'Helia ? Voulait-elle des enfants ? En acceptant de l'épouser, elle avait aussi accepté de donner des héritiers à la couronne. Mais le souhaitait-elle vraiment ?

Parce qu'il se souciait de son pays, il avait renoncé à abdiquer, mais il n'était pas pour autant obligé de perpétuer une institution qu'il honnissait.

Il se leva pour aller se servir un verre de whisky. Il avala d'une traite le liquide ambré qui lui brûla la gorge. Ce remontant lui fit du bien.

Son avenir n'avait rien de réjouissant. Il allait devoir vivre parmi des gens qui regrettaient sans doute que ce ne soit pas lui qui ait péri dans ce crash, au lieu de son frère. À leurs yeux, il était le fils rebelle, celui qui ne songeait qu'à faire la fête. Ce rôle lui avait convenu, mais il avait dû mettre un terme à cette existence de plaisirs pour se consacrer à ses sujets et à son royaume.

À quoi bon ressasser tout cela ? songea-t-il en posant son verre vide sur l'imposante pile de livres entassés sur sa table de nuit. Il devait plutôt se focaliser sur la façon dont il allait aborder sa nouvelle vie, et ne pas oublier qu'il s'était engagé vis-à-vis d'Helia. L'évocation de son nom suffit à imposer l'image de la jeune femme à son esprit. Elle était tellement magnifique dans sa robe de mariée. Que faisait-elle en ce moment ? Se sentait-elle blessée par l'attitude distante de l'homme qu'elle avait accepté d'épouser ? se demanda-t-il avec une pointe de remords. En l'abandonnant sans explication, il avait manqué à tous ses devoirs. Elle était sa reine, et il allait devoir l'aider à naviguer dans cette existence nouvelle pour elle. En échange, elle devrait comprendre ce qu'elle pouvait attendre – ou pas – de son époux.

Il regrettait à présent de ne pas avoir eu davantage de conversations sérieuses avec elle avant leur mariage. Mais cela n'aurait certainement pas résolu la question de l'attirance irrésistible qu'il éprouvait pour elle.

Quoi qu'il en soit, il lui parlerait demain. Après une nuit passée loin d'elle, il aurait recouvré ses esprits. Oui, demain, ils repartiraient sur de nouvelles bases. Des bases qu'il aurait fixées.

Incrédule, Helia regarda la porte se refermer sur son mari. Elle n'avait pas vraiment réfléchi à ce qui se passerait après les cérémonies de la journée. On l'avait simplement prévenue que Vasili et elle se retireraient dans leur chambre, où le mariage serait consommé – cette dernière attente étant exprimée de façon tacite.

Pas un instant elle n'avait envisagé que Vasili l'abandonnerait après l'avoir conduite dans leurs appartements. Sa présence lui était-elle à ce point insupportable ? Elle se sentit désespérément seule. Pour étouffer la douleur qui l'assaillait, elle se morigéna : À quoi s'était-elle attendue ? Vasili ne lui avait pas caché qu'il ne voulait pas se marier. Pourquoi avait-elle cru qu'il changerait d'avis ?

Poussant un soupir résigné, elle souleva la longue traîne de sa robe de mariée et elle entra dans la chambre, où elle espérait trouver de quoi se changer. Une sublime nuisette blanche était posée sur le lit. Émerveillée, elle effleura du bout des doigts le tissu délicat, avant de les retirer. Elle n'avait aucune raison de porter un tel vêtement !

Elle se dirigea ensuite vers la vaste salle de bains, où elle commença à se déshabiller. Avec quelques difficultés, elle réussit à s'extraire de sa robe de mariée. Sur le point de saisir le peignoir accroché à la porte, elle se ravisa. Aujourd'hui était le jour de son mariage et, même si son mari avait mystérieusement disparu, pourquoi ne pas profiter des avantages que cette union lui procurait ? Jamais elle n'avait pu s'offrir un vêtement aussi raffiné que cette nuisette, alors pourquoi se priver d'un plaisir innocent ? Elle retourna dans la chambre et enfila la chemise de nuit, se délectant de la sensation de la soie qui glissait sur sa peau.

Puis elle s'assit sur le bord du lit et parcourut la luxueuse pièce du regard. Il y avait beaucoup de choses auxquelles elle allait devoir s'habituer. Notamment à un mari qui ne s'intéressait guère à elle, malgré l'attirance qu'elle-même éprouvait pour lui. Son baiser, à l'issue de la cérémonie de mariage, l'avait complètement désarçonnée. Elle s'était attendue à ce qu'il fasse l'impasse sur ce rituel, ou qu'il se contente de déposer une bise rapide sur sa joue. Mais ce baiser enivrant… Oubliant où ils se trouvaient, elle s'était abandonnée aux sensations délicieuses qu'il avait éveillées en elle.

Encore maintenant, il lui suffisait de fermer les yeux pour sentir ses lèvres masculines sur les siennes, et aussitôt une douce chaleur s'insinuait dans ses veines. Quand il s'était penché vers elle, elle aurait juré que les yeux de son mari brillaient de passion. Et quand il s'était redressé, il avait eu l'air aussi désorienté qu'elle.

Mais trêve de balivernes ! Elle prenait ses désirs pour des réalités. C'est elle qui était attirée par lui, pas l'inverse. C'est elle qui fantasmait sur le beau prince depuis deux ans… Lui, en revanche, n'avait jamais remarqué l'insignifiante bibliothécaire. Jusqu'à ce jour, deux semaines auparavant.

Elle ne devait pas oublier que Vasili l'avait épousée par obligation. Si elle s'avisait de tomber amoureuse de lui – ce dont elle était tout à fait capable – elle allait au-devant d'une inévitable déception. Et elle aurait le cœur brisé.

Tout en ôtant son diadème, elle se demandait si elle avait commis une erreur, quand le souvenir des raisons qui l'avaient poussée à accepter ce mariage lui rendit un regain d'énergie.

Elle avait enfin trouvé le moyen de vraiment aider les gens qui en avaient le plus besoin. Elle n'allait pas remettre en cause cette union qui lui permettrait d'atteindre son but simplement parce que son mari avait déserté la chambre conjugale le premier soir, sans doute car il avait besoin de respirer un peu.

Elle avait d'ailleurs remarqué que, dès le début de la cérémonie du couronnement, il s'était renfermé sur lui-même. Et si ce n'était pas elle, mais plutôt cet endroit qu'il avait voulu fuir ? Un peu rassurée, elle cessa de se morfondre à cause de son absence. Mais demain, elle lui ferait comprendre qu'ils devaient trouver un moyen pour rendre ce règne vivable pour tous les deux.

5

Le soleil venait à peine de se lever et le calme matinal régnait encore sur le palais quand Vasili finit de fixer ses boutons de manchettes et d'enfiler sa veste de costume. Après avoir réfléchi une grande partie de la nuit, il avait pris sa décision. Helia et lui devaient définir les règles de base de leur mariage. Les limites à ne pas franchir.

Pour commencer, il fallait qu'il s'excuse pour son départ brutal, la veille. Il avait été odieux, mais il ne regrettait pas d'avoir pris le temps de faire le tri dans ses pensées et d'avoir arrêté une stratégie.

Décrochant son téléphone, il appela les cuisines. Le seul endroit où tout le monde était déjà au travail.

— Nous prendrons le petit déjeuner dans la chambre, annonça-t-il.

Il était inutile de préciser de quelle chambre il s'agissait. Il était censé avoir passé la nuit avec sa nouvelle épouse.

Comment l'accueillerait Helia ce matin ? se demanda-t-il en se dirigeant vers les appartements royaux. Ses appartements. Il espérait qu'ils pourraient avoir une discussion posée autour du petit déjeuner et qu'elle approuverait ses propositions.

Après s'être annoncé par deux coups frappés à la porte, il entra. Au vu de l'heure matinale, il s'attendait à trouver Helia encore au lit. Aussi, quelle ne fut pas sa surprise de la voir dans le salon, en train d'enfiler précipitamment un peignoir en satin.

Malgré la rapidité avec laquelle elle noua la ceinture autour de sa taille, il eut le temps d'apercevoir le tissu arachnéen de sa nuisette et la charmante rougeur qui enflamma son décolleté. Une vague de désir le submergea et toute pensée – sauf une – le déserta. Il mourait d'envie de glisser les mains sous ce peignoir et de l'embrasser. Comme il n'avait cessé de le faire cette nuit, lors des brèves phases de sommeil où il avait rêvé d'elle. L'espace d'un instant, sa volonté de la tenir à distance vacilla. Il voulait lui donner du plaisir. Mais la panique l'envahit quand il réalisa que, au-delà du pur désir physique, il désirait apprendre à la connaître de la plus intime des façons, puis se livrer à son tour, corps et âme. Or c'était impossible, car si elle découvrait sa vraie nature, elle ne songerait qu'à le repousser.

Pour cette raison, il devait lui faire admettre qu'ils ne seraient jamais un couple ordinaire. Pas plus qu'ils ne pourraient tomber amoureux. L'amour n'était pas inscrit dans ses gènes. Il était incapable d'aimer, n'ayant jamais été aimé.

Ce qui ne signifiait pas qu'ils devaient se résigner à vivre une vie sans passion.

— Je suis heureux de voir que tu es réveillée, dit-il après s'être éclairci la gorge pour chasser son trouble. Nous avons beaucoup de choses à discuter.

— Bonjour à vous aussi, Votre Majesté, répliqua-t-elle.

Il réprima un sourire. Soit Helia était encore contrariée par son départ précipité de la veille, soit elle n'était pas du matin. Ou les deux. Dieu sait pourquoi, il trouvait cette idée charmante.

— Bonjour, Helia. Tu as bien dormi ?

— Merveilleusement bien, merci.

— J'ai pris la liberté de faire monter notre petit déjeuner. Ce doit être lui, ajouta-t-il quand un coup fut frappé à la porte.

Après qu'il eut dit d'entrer, un serviteur apparut, poussant un chariot surmonté de plusieurs cloches en argent. Il les salua avec déférence mais, quand il fit mine de les servir, Vasili l'arrêta avec un sourire.

— Merci, mais nous nous débrouillerons.

Une fois l'homme reparti, Vasili poussa le chariot jusqu'à une petite table près de la fenêtre et ôta les cloches, avant de s'asseoir et de remplir deux tasses de café.

— Tu viens te joindre à moi ?

Vasili n'avait peut-être pas reçu une formation aussi rigoureuse que son frère pour se préparer au métier de roi, mais il savait adapter son discours en fonction des circonstances et des interlocuteurs. Étant donné l'humeur irascible d'Helia, et le sujet dont il voulait l'entretenir, il savait qu'il devrait jouer de son charme. Et c'était quelque chose qu'il savait faire sans effort.

Quand elle vint s'asseoir en face de lui, il lui tendit l'une des tasses. Il nota qu'elle n'ajouta ni lait ni sucre avant de boire une gorgée de la boisson chaude et fumante.

— Des pancakes ? demande-t-il.

— Oui, s'il te plaît, répondit-elle après une longue hésitation.

Il remplit son assiette de crêpes, de crème et de baies fraîches, avant de se servir à son tour. Si le sujet qu'il souhaitait aborder n'était pas aussi sérieux, il se serait amusé de la confusion de la jeune femme.

— Helia, je voudrais m'excuser pour mon comportement d'hier, que ce soit lors du mariage ou après. Je n'aurais pas dû t'embrasser et je n'aurais certainement pas dû t'abandonner comme je l'ai fait.

— Pourquoi es-tu parti ?

Concentrée sur le découpage de ses pancakes, elle avait posé cette question sur un ton impersonnel. Cette indifférence était-elle réelle, ou feinte ?

— J'avais besoin de réfléchir. Notre situation est compliquée, et je pense que nous devons avant tout fixer des règles claires et définir ce que chacun de nous attend de ce mariage.

— Je t'écoute.

— Je sais qu'on t'a dit que, en acceptant d'être reine, tu devais aussi accepter de donner naissance aux héritiers du trône.

— Effectivement.

— Eh bien, je ne veux pas que tu t'inquiètes à ce sujet. Nous n'aurons pas d'héritiers. Et nous ne coucherons pas ensemble.

En réalité, il édictait cette règle plus pour lui-même que pour sa compagne. Pour se protéger d'un désir qui lui ferait inévitablement perdre la maîtrise de la situation.

— N'aurait-il pas été plus judicieux de m'en parler avant notre mariage, Votre Majesté ?

— Pourquoi suis-je soudain « Votre Majesté » ? demanda-t-il, désarçonné par son ton sec.

— Cela me semblait justifié, étant donné la façon dont tu me dictes ma conduite. Et que deviendra la Couronne ?

— Elle disparaîtra avec moi.

Elle était visiblement tendue et il ne comprenait pas pourquoi. À moins que...

— Et toi ? Veux-tu des enfants ? demanda-t-il.

Il devait en avoir le cœur net, car si c'était le cas, il devait immédiatement mettre un terme à ce mariage.

— Je n'en sais rien. À vrai dire, je n'y ai jamais vraiment réfléchi, jusqu'à ce qu'on m'annonce, il y a deux semaines, que j'aurais la responsabilité de mettre au monde les héritiers du trône de Thalonia. Et aujourd'hui tu me dis que tu ne veux pas d'enfants. Il s'agit quand même de mon corps, de ma famille... mais apparemment je n'ai pas mon mot à dire.

Elle avait raison sur ce point et il comprenait sa colère, mais il était hors de question qu'il revienne sur sa décision.

— Nous nous étions promis d'être honnêtes l'un envers l'autre, reprit-elle. Ça tient toujours ?

— Oui.

— Alors dis-moi pourquoi. J'aimerais comprendre.

— Je n'aurai pas d'héritiers parce que j'ai l'intention de faire évoluer ce royaume vers un système de gouvernance qui ne nécessitera plus la présence d'un roi.

— J'ai l'impression que tu détestes l'idée de la monarchie, et pourtant, tu es prêt à accomplir ton devoir parce que tu te sens responsable de ton peuple.

La fougue qui irradiait d'elle s'éteignit brusquement, et il vit qu'elle luttait pour ne pas laisser transparaître ses émotions.

— Où veux-tu en venir ? demanda-t-il.

— Aucune importance, répondit-elle en secouant la tête. Pour l'instant, en tout cas. En revanche, il y a autre chose que j'ai besoin de savoir. Ta réputation de séducteur n'est un secret pour personne... Alors, si ce n'est pas moi qui partagerai ton lit et si tu ne veux pas d'enfants... Que dois-je en conclure ?

— Tu me demandes si je vais te tromper ?

Il n'avait pas pu cacher son irritation. Il n'appréciait pas qu'elle mette en doute son intégrité, même si sa réputation pouvait effectivement justifier les craintes de la jeune femme. Mais s'il n'était pas un modèle de vertu, jamais il ne blesserait quelqu'un délibérément. Surtout pas Helia.

— Oui. Si je dois être reine...

— Tu es reine, lui rappela-t-il.

— Je ne veux pas être mêlée à un scandale embarrassant, poursuivit-elle sans se laisser démonter par son interruption. Mes objectifs sont trop importants pour les mettre en péril de la sorte.

Vasili prit le temps de reposer ses couverts dans son assiette, avant de la repousser. Puis il se pencha vers sa compagne.

— Je ne te serai jamais infidèle, Helia. Je ne voulais pas me marier, mais j'ai prononcé des vœux. Et malgré tout ce que tu as pu entendre sur mon compte, je suis un homme de parole.

Quant à ma réputation… Je suis sûr que tu as remarqué que j'ai tendance à me rebeller contre cette institution…

Il appuya ses paroles d'un geste large qui englobait le palais et tout ce qu'il contenait. Helia esquissa un sourire. De toute évidence, cela ne lui avait pas échappé.

— Mes aventures n'étaient qu'un des aspects de cette rébellion. Ma façon de faire le contraire de ce qu'on attendait d'un prince. Mais je peux très bien m'en passer.

— C'est facile à dire maintenant, mais prétendre que la compagnie des femmes ne te manquera pas, ou que tu ne voudras jamais d'enfants…

— Je maintiens que je ne veux pas d'enfants, mais je n'ai jamais dit que je vivrais en ermite. Il existe une incroyable alchimie entre nous, Helia. Je suis sûr que tu la ressens aussi.

Il en eut la confirmation quand elle déglutit péniblement.

— Ce que je propose, c'est un mariage sans sexe, mais qui ne nous empêchera pas d'explorer cette alchimie. Il ne sera jamais question d'amour entre nous, Helia, car c'est un sentiment que je suis incapable d'éprouver, mais sois assurée que je te resterai fidèle, et j'attendrai la même chose de toi. Nous savons tous deux que ce mariage est basé sur le devoir et non l'amour. Mais cela ne signifie pas que la passion et le plaisir en seront absents. Je te laisse te décider.

Sa proposition laissa Helia abasourdie. Elle ne comprenait pas pourquoi il voulait la passion sans le sexe. Jusqu'à présent, le sexe avait pourtant semblé représenter une grande partie de sa vie. Était-ce elle qui lui déplaisait ? Il avait admis qu'elle l'attirait, mais visiblement il considérait cette attirance comme une malédiction à laquelle il n'avait pas envie de succomber.

Pour rien au monde elle n'aurait admis à quel point sa proposition la blessait. De plus, elle ignorait si elle était prête à passer toute une vie sans amour, sans enfants, sans famille. C'était la garantie d'une existence solitaire.

Mais n'était-ce pas déjà l'existence qu'elle connaissait depuis la mort de son père ? Et elle avait survécu. Peut-être était-elle destinée à vivre seule ? Sans compter que cette solitude serait agrémentée de distractions. Une excitation purement sexuelle la gagna quand elle pensa au plaisir que Vasili promettait de lui donner.

— J'ai besoin d'un peu de temps pour réfléchir à ta proposition, dit-elle enfin.

— Je comprends.

Il but une gorgée de café, avant d'ajouter :

— Nous devrons faire une apparition publique – notre première sortie officielle – à notre retour de lune de miel.

— Quelle lune de miel ?

Cette nouvelle la prit au dépourvu. Elle n'avait pas envisagé l'éventualité d'un voyage de noces, considérant que leur mariage était une union de convenance, mais il est vrai qu'ils devaient sauver les apparences.

— Tu auras tout le temps nécessaire pour réfléchir. Bien sûr, tant que tu n'auras pas pris une décision, il n'y aura rien de physique entre nous. Et ce voyage sera pour nous deux l'occasion de faire le point sur les changements qui sont intervenus dans nos vies.

Elle ne pouvait qu'acquiescer.

— Quand partons-nous ? demanda-t-elle.

— Aujourd'hui. Et pour en revenir à notre première sortie officielle... Il te faudra un peu de temps pour t'adapter à ta nouvelle vie, alors je veux que ce soit toi qui choisisses l'endroit où nous nous rendrons. Un endroit où tu te sentiras à l'aise. Andreas se chargera d'organiser la visite.

— Ça m'étonnerait qu'Andreas ait envie d'organiser quoi que ce soit pour moi, dit-elle en haussant un sourcil ironique.

— Il fera ce que tu lui diras. As-tu déjà oublié que tu as été couronnée hier ? Tu es la reine. Utilise ton pouvoir. Au besoin, je te soutiendrai.

— Merci.

— C'est à cela que sert un mari.

Oubliant les sujets peu réjouissants qu'ils venaient d'aborder, elle éclata de rire.

— C'est vrai ?

— C'est ce que j'ai entendu dire. Ils servent aussi à rappeler à leurs épouses des événements pénibles auxquels ils devront assister, comme le banquet du couronnement qui aura lieu quelques semaines après notre retour.

Malgré son ton de plaisanterie, son sourire crispé trahissait sa contrariété.

— En quoi ce banquet te dérange-t-il ?

Vasili l'étudia attentivement, comme s'il hésitait à se confier.

— Leander est mort il y a seulement deux semaines et déjà on organise un banquet. Ça me rend malade. Des festivités ont eu lieu en ville pour notre couronnement, et...

Il laissa sa phrase en suspens et elle comprit que le chagrin lié à la mort de son frère était toujours aussi vif. Elle aurait voulu poser sa main sur la sienne pour le réconforter mais, devinant qu'il ne voudrait pas être consolé pour une peine qu'il niait, elle s'abstint.

— Vasili..., murmura-t-elle. Quoi que tu penses de ce mariage, j'aimerais que tu saches que tu peux compter sur moi. Si tu veux reporter le banquet, nous le reporterons. Si tu veux plutôt organiser une cérémonie en l'honneur de Leander, nous le ferons. Tu as perdu ton frère, et c'est à toi de décider ce que tu souhaites faire, pas à tes conseillers. Dis-moi ce que tu désires, et je t'aiderai à le réaliser.

— Helia...

L'émotion qu'elle perçut dans sa voix la bouleversa. Cette

émotion ne se reflétait cependant pas dans l'expression impassible du regard qu'il fixait sur elle. Mais Helia n'avait pas besoin de preuve supplémentaire pour deviner que Vasili avait profondément aimé son frère. Sous sa façade inflexible, beaucoup de choses le touchaient, dont il refusait de parler. Si quelqu'un pouvait soutenir ses projets, c'était bien lui. Et elle sentit son cœur stupide fondre un peu plus pour le roi.

— Va te préparer, Helia. Nous partons bientôt.

Sa voix, redevenue grave, ne trahissait plus aucune émotion.

6

Après le petit déjeuner, Helia s'était habillée à la hâte, sans prendre le temps de s'interroger sur la provenance des élégants vêtements neufs qui se trouvaient dans la penderie. Puis elle avait rejoint son mari dans le bureau du roi.

Le bureau de Vasili.

Cet endroit ne lui ressemblait absolument pas. Le mobilier semblait avoir été choisi pour projeter une image de modernité, tout en maintenant un ancrage dans la tradition. Or, depuis la première fois qu'elle avait vu Vasili, il avait toujours tout fait pour s'affranchir du carcan étouffant de la tradition. De toute évidence, ce cadre avait été conçu pour quelqu'un d'autre, et Vasili n'y paraissait pas à sa place.

Curieusement, cette pensée la mit en colère.

— Je croyais que nous avions rendez-vous avec Andreas, dit-elle.

— Oui. Mais c'est lui qui viendra à nous. En fait... Pourrais-tu t'approcher un peu par ici, Helia ?

Intriguée, elle le rejoignit derrière l'imposante table de travail.

— Assieds-toi.

Elle se figea. Ce n'était pas le trône, mais c'était quand même le fauteuil du roi. Et il le lui offrait !

— Je ne pourrai pas.

— Bien sûr que si.

À l'expression déterminée de son mari, elle comprit qu'il ne servirait à rien de discuter, et elle obtempéra. Quand elle fut assise, il contourna le bureau et il lui fit face.

— Vous avez l'air parfaitement à votre place, Votre Majesté, déclara-t-il.

— Vasili, ne te moque pas de moi.

— Je n'y songe même pas ! Laisse-moi te donner quelques conseils qui te seront utiles. Premièrement, c'est toujours eux qui doivent venir à toi. Surtout Andreas. Utilise mon bureau ou le tien, peu importe. Ne va jamais les chercher. Deuxièmement, tu es la reine de Thalonia. Ce titre te donne un pouvoir. N'hésite pas à t'en servir. Tout le monde ici prétend en savoir plus que toi sur le rôle d'une reine. Tu peux apprendre d'eux, mais ne les laisse jamais oublier à qui ils s'adressent.

Quand elle comprit qu'en lui cédant son fauteuil il voulait établir un rapport de force à son avantage entre elle et son plus proche conseiller, l'émotion lui noua la gorge. Elle n'eut toutefois pas le temps de lui exprimer sa gratitude, car déjà on frappait à la porte. Vasili s'assit nonchalamment sur le rebord du bureau.

Elle éprouva une certaine satisfaction à voir l'expression généralement condescendante d'Andreas se figer quand le regard du vieil homme se posa sur elle. Elle ne regrettait plus d'avoir enfilé ce tailleur qui lui avait paru trop sophistiqué. Vêtue de ses vêtements de simple bibliothécaire, elle aurait sans doute moins impressionné le visiteur.

Avec une humilité inhabituelle, Andreas s'inclina.

— Vos Majestés.

— Asseyez-vous, Andreas, dit Vasili d'un ton d'autorité naturelle. Nous vous avons fait venir pour parler de notre première sortie officielle, qui aura lieu à notre retour de lune de miel. Helia, je te laisse expliquer notre projet ? ajouta-t-il en s'adressant à elle.

Conscient qu'elle devait réussir à s'imposer face à un

homme qui tenterait de l'intimider, elle pria pour que sa voix ne tremble pas.

— Notre première visite officielle sera pour l'orphelinat de Seidon, dit-elle. Nous irons à la rencontre du personnel et des enfants, et nous tâcherons de comprendre leur organisation, leurs besoins et comment nous pouvons les aider.

Tandis qu'elle parlait, elle voyait l'attitude respectueuse d'Andreas se muer en consternation.

— C'est impossible, décréta-t-il enfin, d'un ton qu'il tentait visiblement de garder courtois. Je comprends vos intentions, qui sont louables, mais je pense que ce n'est pas un choix judicieux pour la première apparition publique des nouveaux monarques. Il s'agit de vous présenter au royaume et au monde, sous votre meilleur jour. Or ce genre d'événement détournerait l'attention du public de l'essentiel. Nous ne voulons pas que la première chose que les gens retiennent de votre règne soit…

— Les échecs de notre pays ? le coupa Helia. Devrions-nous cacher ce qui ne va pas ?

Elle avait toutes les peines du monde à ne pas laisser éclater sa colère. C'était à cause de gens comme Andreas qu'elle-même et les autres orphelins avaient eu froid en hiver et qu'ils devaient toujours se contenter du peu qu'ils avaient.

Andreas n'eut même pas l'air embarrassé.

— Chaque pays a ses problèmes. C'est une réalité malheureuse, et la question sera examinée. Mais pour l'heure, nous devons réfléchir à une visite plus appropriée, et je serais heureux de vous aider à trouver la meilleure solution possible.

— Qu'est-ce qui pourrait être plus « approprié » que de montrer notre intérêt pour les enfants de Thalonia ? rétorqua-t-elle. Ils représentent l'avenir du royaume. Vous qui répétez toujours que votre mission est d'assurer l'avenir de la nation, n'estimez-vous pas que cette démarche s'inscrit dans votre objectif ?

Elle sentait que son attitude passionnée n'était pas ce qu'on attendait d'une reine, mais ce projet lui tenait tellement à cœur qu'elle jetait toutes ses forces dans la bataille.

— Je n'ai pas dit que nous ne ferions rien à ce sujet, protesta Andreas, visiblement piqué au vif par sa remarque. Je vous propose seulement un événement que j'estime plus approprié pour votre première apparition publique. Pourquoi n'assisteriez-vous pas au concert de charité organisé par l'orchestre symphonique ? C'est un choix qu'ont souvent fait les souverains par le passé. Cela montrera à vos sujets que vous êtes prête à respecter nos traditions, en dépit de votre origine.

Bouillonnante de rage contenue, Helia s'apprêtait à remettre Andreas à sa place, quand Vasili intervint.

— Cela suffit, Andreas, dit-il sans hausser le ton. Nous vous avons fait venir ici pour vous informer de notre décision. Nous nous rendrons à l'orphelinat, puisque votre reine l'a décidé.

— Bien sûr, Votre Majesté, s'empressa d'acquiescer le conseiller. Je me charge d'organiser la visite.

— Bien.

— Penses-tu vraiment qu'il s'exécutera ? demanda-t-elle quand Andreas les eut laissés seuls.

Elle se sentait un peu honteuse de s'être ainsi emportée. De toute évidence, elle avait échoué dès la première épreuve.

— Oui. La situation ne lui plaît peut-être pas, mais il tire une grande fierté de servir la famille royale. Quelles que soient ses opinions, il fera ce qu'on lui ordonne. Maintenant, viens, nous devons partir.

Elle prit la main qu'il lui tendait et le suivit à travers le dédale de couloirs du palais, le cœur palpitant à ce contact innocent. Quand ils sortirent par une porte donnant sur les jardins, elle vit un hélicoptère rouge étincelant qui les attendait. Près de la portière se tenait un homme en costume sombre avec une oreillette. Les rotors commencèrent à tournoyer plus rapidement et le bruit se fit de plus en plus assourdissant. Instinctivement, elle se baissa tandis qu'ils se dirigeaient vers l'appareil.

— Pourquoi voyageons-nous en hélicoptère ? demanda-t-elle quand elle se fut assise dans l'un des quatre sièges en cuir crème.

— Parce que, ainsi, seuls deux agents de sécurité peuvent voyager avec nous.

Il entreprit de fixer sa ceinture de sécurité et, troublée par le frôlement de ses mains viriles, elle se figea.

— J'ai pensé que tu te sentirais plus à l'aise si nous n'embarquions pas toute une escorte.

Cette attention l'émut profondément. Elle savait qu'elle ne devait pas tomber amoureuse de lui, mais les égards qu'il ne cessait de lui témoigner rendaient la chose difficile. Elle devait absolument veiller à garder ses distances si elle voulait éviter de s'impliquer émotionnellement dans ce mariage de convenance. Pour cela, il lui suffisait de se rappeler que son statut de reine devait lui servir avant tout à réaliser des projets qui dépassaient sa petite personne.

La lune de miel s'annonçait mémorable ! songea-t-elle dans un accès d'autodérision.

— C'est vrai, admit-elle. Je te remercie.

— Tu es nerveuse ? demanda-t-il après s'être attaché à son tour.

— Un peu. C'est la première fois que je monte dans un hélicoptère.

Cet aveu lui fit prendre conscience avec une acuité nouvelle qu'elle n'était décidément pas à sa place dans cette vie.

Le vol dura à peine plus d'une heure et elle découvrit avec émerveillement Thalonia telle qu'elle ne l'avait jamais vue. Les eaux turquoise de la mer Ionienne scintillaient comme si elle était couverte de joyaux. La capitale s'effaça, cédant la place à des plages, des falaises, et des forêts denses et verdoyantes.

La vue spectaculaire ne réussit cependant pas à lui faire oublier la présence de Vasili. Quand il la surprit alors qu'elle l'observait à la dérobée, son premier réflexe fut de détourner les yeux, mais elle en fut incapable. Captive du regard intense et indéchiffrable qui la fixait, elle eut l'impression que son compagnon ne parvenait pas plus qu'elle à rompre leur contact visuel.

Le léger choc de l'hélicoptère se posant au sol finit par les ramener à la réalité. Comme s'ils cherchaient tacitement à prolonger cet instant hors du temps qu'ils venaient de vivre, ils descendirent de l'hélicoptère en silence.

Elle ne chercha pas à savoir où il la conduisait, car elle avait l'impression d'être arrivée au paradis, impression renforcée par le fait que Vasili avait posé une main tiède dans le creux de son dos. Protégé de tous côtés par des falaises abruptes, l'hôtel – composé de seulement quelques villas blanches disséminées au milieu de la végétation – évoquait un trésor caché. Tandis qu'ils avançaient, elle découvrit une plage de sable clair sur lequel venait s'échouer une eau limpide.

Sur un « Laissez-nous » de Vasili, les deux gardes du corps disparurent sur un autre chemin.

— Ils occuperont la villa la plus éloignée de la nôtre, lui dit-il quand les hommes se furent éloignés. Il n'y a pas d'autres clients. À part le personnel de l'hôtel, nous serons seuls.

Elle réprima le frisson d'excitation qui la parcourut à cette perspective. Avait-elle donc oublié qu'elle s'était promis de garder ses distances avec son sublime mari ? Poussant un soupir résigné, elle franchit le seuil de leur villa. Une fois à l'intérieur, elle s'immobilisa, ébahie. Dire qu'elle allait désormais vivre dans des endroits aussi luxueux que celui-ci !

Les nombreuses ouvertures dans chaque pièce abolissaient les notions d'intérieur ou d'extérieur, et ajoutaient à l'impression d'espace. Les rideaux vaporeux que soulevait une douce brise créaient une atmosphère aérée. Ravie, elle alla de pièce en pièce, jusqu'à ce qu'elle parvienne devant ce qu'elle devina être la chambre. Soudain intimidée, elle y pénétra lentement. La vue était spectaculaire, mais ce n'est pas ce qui la frappa, pas plus que la piscine privée sur la terrasse. Non, ce fut le lit.

Un lit immense.

Un mélange d'excitation et d'appréhension lui noua la gorge, jusqu'à ce qu'elle se souvienne brusquement qu'elle n'avait pas encore accepté l'étonnante proposition de Vasili d'avoir des rapports physiques sans sexe. Elle avait encore besoin de réfléchir, de décider si elle était prête à prendre ce risque. Mais comment pourrait-elle réfléchir, si elle devait partager ce lit avec lui ?

Elle parcourut la pièce du regard, à la recherche d'une solution miraculeuse à son dilemme. Il y avait bien une méridienne, et plusieurs canapés dans le salon, dont l'un serait assez grand pour y dormir si la situation devenait trop embarrassante. Mais elle ne pouvait pas interdire au roi de coucher dans le lit, alors qu'ils étaient en voyage de noces.

Enfin, il était hors de question de dormir dans des villas séparées. Ici, comme au palais, ils devaient préserver les apparences.

— Tu as l'air préoccupée.

Helia sursauta en entendant la voix grave derrière elle. Elle n'avait pas entendu Vasili entrer.

— Je t'ai fait peur ?

— Non, mentit-elle.

Au soupir qu'il laissa échapper, elle devina qu'il n'était pas dupe.

— Détends-toi, Helia. Je peux dormir ailleurs.

Comment parvenir à se détendre alors qu'elle sentait la chaleur de son grand corps viril tout contre son dos ? Elle mourait d'envie de s'appuyer contre son torse puissant. S'il l'enlaçait, s'enflammerait-elle comme quand il l'avait embrassée ? La force qui émanait de tout son être la réconforterait-elle ?

Heureusement, elle se rappela la véritable nature de leur mariage et elle s'écarta de la tentation qu'il représentait.

— Je ne peux pas te laisser faire ça.

— Tu apprendras qu'il n'y a pas grand-chose qu'on soit en mesure de m'interdire.

— J'ai bien compris que tu étais le roi, Vasili ! Mais je doute fort que tu puisses tenir sur ce canapé.

Les lèvres sensuelles de son compagnon se crispèrent comme s'il luttait contre l'envie de sourire. Qu'y avait-il de si drôle ? Cette situation était inextricable. Il était hors de question qu'il dorme sur le canapé. Non seulement ce serait inconfortable, mais que penserait le personnel s'il découvrait qu'ils ne partageaient pas le même lit ? Aussi discrets fussent-ils, la rumeur finirait par s'ébruiter et leurs efforts pour accréditer la thèse d'une monarchie forte seraient réduits à néant.

Il n'y avait pas d'autre solution.

— J'apprécie que tu te soucies de mon confort, dit-il. Mais je n'ai pas dit que je dormirais sur le canapé.

Il lui fallut quelques secondes pour comprendre.

— Mais tu ne peux pas dormir ailleurs qu'ici. Et si le personnel s'en aperçoit ? Nous ne pouvons pas nous permettre de commérages. Je ne peux pas me le permettre. Je refuse de fournir à tes conseillers des munitions contre moi. Mes projets sont trop importants pour être mis en péril. Écoute, je sais ce que nous sommes convenus, mais nous allons de toute façon devoir partager le même lit quand nous retournerons au palais.

Son amour-propre prit un sérieux coup quand il réfléchit longuement. Pourquoi ces hésitations ? Redoutait-il à ce point de dormir à côté d'elle ?

— Tu es sûre d'être prête pour cela ?

— Oui, mentit-elle.

— Très bien, concéda-t-il sans masquer son scepticisme.

Pourquoi était-il soudain si tendu ? Elle n'aurait su le dire, car son expression indéchiffrable ne lui fournissait aucun indice. Peut-être qu'ils avaient tous les deux besoin de s'éloigner un peu l'un de l'autre.

— Je sors me promener, annonça-t-elle.

Elle espérait que l'air marin apaiserait ses sentiments contradictoires.

Helia rentra à la villa à la nuit tombée. Vasili étant introuvable, elle se fit servir le dîner dans la suite. Puis elle alla dans la salle de bains pour se changer avant de se mettre au lit. Quand elle ouvrit sa valise, cependant, elle ne put retenir une exclamation exaspérée. Elle s'était félicitée de sa nouvelle garde-robe lorsque celle-ci lui avait servi à en imposer à Andreas, mais quand elle découvrit le choix de chemises de nuit qu'on lui avait empaquetées, la satisfaction céda la place à la mortification.

Elle voulait bien admettre que ses vêtements personnels puissent être indignes d'une altesse royale, mais devait-elle pour autant renoncer complètement à son identité ? Que craignaient-ils ? Ce n'est pas parce qu'elle dormirait en pantalon de yoga ou en T-shirt trop grand qu'elle songerait à apparaître ainsi vêtue en public !

Elle eut beau fouiller, elle ne trouva que des déshabillés vaporeux, dont elle apprécia le luxe des étoffes, mais comment pourrait-elle les porter sans que Vasili s'imagine qu'elle cherchait à le séduire ?

À contrecœur, Helia enfila la nuisette la moins affriolante du lot. Le satin rouge foncé ressortait particulièrement sur son teint hâlé, mais au moins celle-ci la couvrait-elle raisonnablement.

Quand elle entra dans la chambre, elle eut la surprise de trouver Vasili déjà couché. Appuyé contre la tête de lit, torse nu, il lisait quelque chose sur son téléphone. Elle s'était doutée que ses vêtements cachaient un corps athlétique, mais la vision de son torse à la musculature harmonieuse, émergeant des couvertures négligemment rejetées sur ses hanches, la laissa sans voix. Il n'avait pas dû remarquer sa présence, car il ne leva pas les yeux de l'écran de son portable. Elle en profita pour se délecter quelques secondes encore de ce spectacle glorieux.

Mais elle se ressaisit avant qu'il ne s'aperçoive qu'elle le regardait fixement et alla se glisser dans le lit, en veillant à ne pas attirer son attention. Elle s'allongea tout près du bord, en tentant d'oublier qu'elle était couchée à côté de cet homme qui l'attirait irrésistiblement, mais avec lequel elle s'était juré de garder ses distances.

— Rapproche-toi, sinon tu vas tomber du lit.

Constatant qu'elle faisait la sourde oreille, il posa son téléphone et se tourna vers Helia pour l'attirer plus près du milieu du matelas. Il regretta aussitôt son geste, car le simple contact de sa peau contre sa paume enflamma son désir. Tout son corps vibrait de la sentir si proche. Depuis qu'elle était apparue sur le seuil de la chambre, véritable déesse dans sa nuisette rouge, il avait été incapable de se concentrer sur le mail qu'il était en train de lire. Comment l'aurait-il pu alors qu'il sentait le regard de son épouse effleurer son corps comme une caresse ?

Il se tourna pour se soustraire à la tentation de glisser la main sous le vêtement de satin. Il devait à tout prix se maîtriser, car il ne voulait pas rendre cette situation encore plus pénible pour Helia. Malheureusement, la profonde inspiration qu'il prit pour se maîtriser eut pour seul effet de lui faire respirer le parfum floral de la jeune femme. Son esprit tourmenté par le désir se demanda si elle sentait aussi bon partout.

À quoi bon le nier ? Helia l'obsédait. Et sa métamorphose le fascinait. Ce matin, quand elle s'était assise à son bureau, dans son fauteuil, elle incarnait la monarchie dans toute sa dignité et il s'était retenu de s'incliner respectueusement devant elle. Il était fier de la façon dont elle avait su tenir tête à Andreas, sans jamais se départir d'un calme régalien. Il l'aurait volontiers embrassée, mais, écoutant la voix de la raison, il s'était abstenu.

Le voyage en hélicoptère avait représenté une épreuve supplémentaire. Dans l'habitacle réduit de l'appareil, il ressentait sa présence féminine avec une acuité décuplée et ses pensées s'étaient égarées dans des méandres érotiques. Et puis elle l'avait regardé et il avait oublié le monde qui les entourait, et son anxiété s'était évaporée.

Maintenant, pour couronner cette journée où sa volonté avait été mise à rude épreuve, ils devaient partager ce lit. Lorsqu'elle avait expliqué qu'ils n'avaient pas le choix, il s'était dit qu'il était maudit. Il ne voulait pas coucher avec Helia. Il ne voulait pas baisser la garde avec elle. Or le sommeil excluait tout contrôle. Avec l'attirance puissante qui les poussait l'un vers l'autre, qui sait ce qui se passerait une fois qu'ils seraient endormis ? Leurs corps, d'eux-mêmes, se rapprocheraient-ils ? Il estimait déjà lui avoir donné trop de pouvoir sur lui en cédant à l'envie irrésistible qu'il avait eue de l'embrasser. Mais ce genre de dérapage ne se reproduirait pas, car il ne pouvait pas se le permettre, et il était bien résolu à étouffer le désir qu'elle lui inspirait.

— Dors maintenant, Helia, dit-il en éteignant la lumière.

— Bonne nuit, Vasili, répondit-elle dans un murmure.

S'il avait espéré que l'obscurité lui permettrait de se détendre, il en fut pour ses frais. C'était même l'inverse qui se produisit. Ne pouvant pas la voir, il était particulièrement conscient du poids de son corps non loin de lui, du rythme régulier de sa respiration. Elle bougea et il réprima l'espoir qu'elle allait franchir le faible espace qui les séparait pour venir se lover contre lui.

Son imagination battant la campagne, il resta ainsi éveillé pendant des heures et il savait qu'Helia ne dormait pas davantage. Le désir qui existait entre eux était palpable. Heureusement, ni lui ni elle n'étaient assez inconscients pour y céder.

7

Le doux clapotis des vagues venant s'échouer sur la plage et la lumière entrant déjà par les fenêtres ouvertes réveillèrent Helia. Tandis qu'elle émergeait du sommeil, elle sentit un poids chaud sur son corps. Elle ouvrit les yeux et, tournant la tête, elle vit que Vasili dormait profondément, allongé sur le côté. Un bras glissé sous elle, et l'autre posé sur sa taille, il la serrait contre lui. Une de ses jambes était enroulée autour de la sienne.

Elle n'avait aucune idée de comment, ni à quel moment, ils s'étaient retrouvés ainsi enlacés. Elle ne se souvenait même pas s'être endormie. Mais, profitant de son sommeil, elle étudia plus attentivement Vasili.

Le roi. Son mari.

Il était d'une beauté à couper le souffle. Ses cils sombres projetaient leur ombre sur ses joues. Ses cheveux châtains ébouriffés retombaient sur son front. Ses lèvres charnues s'écartaient légèrement pour laisser passer son souffle. Et ce corps qu'elle ne pouvait pas voir, car il la tenait tout contre lui, mais dont elle devinait la perfection contre le sien.

La merveilleuse sensation de bien-être que lui procurait cette étreinte resterait précieusement gravée dans sa mémoire.

À l'époque où elle se contentait de l'admirer de loin, en espérant secrètement qu'il la remarquerait un jour, elle s'était toujours demandé ce qu'elle ressentirait s'il la prenait dans ses bras. Quel goût auraient ses lèvres masculines, comment il embrassait. Aujourd'hui, elle savait. Et ses fantasmes les plus ardents avaient pâli en regard du baiser qu'ils avaient échangé à l'église.

Maintenant, elle rêvait d'aller plus loin. Mais c'était impossible, elle ne se faisait pas d'illusions. Jamais Vasili ne l'aurait consciemment prise dans ses bras s'il avait été réveillé. Mieux valait donc couper court à ces rêveries de midinette.

Pour commencer, elle devait sortir de ce lit. Avec un luxe de précautions, elle se dégagea délicatement de son étreinte et elle alla dans la salle de bains. Là, elle enfila un bikini vert jade et un long kimono de plage aux motifs graphiques.

Elle quitta la villa et marcha pieds nus jusqu'à la plage. À cette heure matinale, le sable était encore frais sous ses pieds, mais l'eau qui venait lécher ses orteils tandis qu'elle commençait à longer la plage était tiède. Elle se sentit enfin en paix. Les deux semaines qui venaient de s'écouler ne lui avaient laissé aucun répit, et elle savourait sa solitude.

Toutefois, la tension liée aux préparatifs du mariage et du couronnement n'était rien comparée à ce qu'elle avait vécu la nuit précédente. Le silence n'avait rien eu d'apaisant, au contraire, et l'obscurité avait renforcé l'impression de néant où seule subsistait l'attirance qu'elle éprouvait pour son compagnon. Elle avait dû lutter de toutes ses forces pour ne pas tendre la main et le toucher. Elle avait même brièvement envisagé d'ériger une barrière entre eux à l'aide des nombreux oreillers. Mais autant avouer à Vasili l'effet qu'il avait sur sa libido !

Malgré elle, le souvenir de la merveilleuse et troublante sensation qu'elle avait éprouvée en se réveillant dans les bras puissants de son mari revenait la hanter tandis qu'elle se promenait sur la plage. Mieux valait attendre un peu avant de se retrouver de nouveau face à lui. Aussi, quand elle fut parvenue à l'extrémité de la bande de sable, elle s'assit face à la mer.

Tandis qu'elle contemplait l'étendue turquoise qui scintillait sous le soleil matinal, elle songeait aux bouleversements qui étaient survenus dans sa vie. Elle avait toujours rêvé d'explorer Thalonia, mais une sorte de lâcheté lui avait fait préférer la sécurité de la bibliothèque, au milieu des livres qui meublaient depuis toujours sa solitude, et elle avait renoncé à partir à l'aventure.

Mais la vie que Vasili lui proposait serait finalement aussi solitaire, même si elle allait être happée par les obligations officielles dès leur retour à Seidon.

Perdue dans ses pensées, elle sursauta quand elle sentit quelqu'un se laisser tomber à côté d'elle sur le sable.

— Bonjour, Helia, dit Vasili.

Elle se tourna vers lui et vit qu'il fixait rêveusement la mer.

— J'oublie toujours à quel point cette vue est magnifique, ajouta-t-il.

— Tu viens souvent ici ?

— Un peu moins ces derniers temps.

L'estomac d'Helia se noua. Elle imaginait parfaitement en quelle galante compagnie le « prince play-boy » séjournait dans ce petit paradis.

— Quelle matinée idéale pour se baigner…

— Je ne pense pas que ce soit une bonne idée.

— Pourquoi pas ? demanda-t-il, surpris.

— Je ne sais pas nager, avoua-t-elle.

Encore une compétence qui faisait défaut à la reine de Thalonia. Le sentiment familier de ne pas être à la hauteur l'envahit de nouveau. Elle vit que sa révélation avait choqué Vasili.

— Comment est-ce possible ? Nous vivons sur une île. Nous avons la mer dans le sang.

— Oh ! j'aime la mer. Mon endroit préféré de Seidon est un petit coin tranquille, près du phare, où je vais souvent quand j'ai besoin d'être seule.

Sur le visage de son compagnon, la curiosité avait remplacé

la surprise. Craignant de dévoiler l'émotion qui menaçait de la submerger, elle tourna son regard vers le large.

— Mais je ne suis jamais entrée dans l'eau, conclut-elle. Mon père était trop occupé par son entreprise pour m'apprendre à nager. Et nous n'avions pas de cours de natation à l'école.

Elle avait beau essayer de masquer ses sentiments, Vasili voyait bien qu'elle était bouleversée et il mourait d'envie de la prendre dans ses bras pour la réconforter. Mais il devait à tout prix se refréner. Tout comme il aurait dû réprimer sa curiosité, car ce n'est pas en en apprenant plus sur Helia qu'il ferait disparaître l'attirance qui existait entre eux.

— Et ta mère ? demanda-t-il cependant.

— Je ne l'ai pas connue. Elle est morte quand j'étais enfant.

Vasili s'était toujours senti seul, alors qu'il avait une famille, mais Helia... Elle était littéralement seule au monde. Enfin, plus tout à fait maintenant, puisqu'ils étaient mariés. Mais il ne pourrait jamais être pour elle un mari au vrai sens du terme, le compagnon dont elle avait peut-être rêvé.

La façon dont elle fixait la mer, avec tant de nostalgie, lui serra le cœur. Il devait garder ses distances pour se protéger, mais était-ce une raison pour renier l'homme qu'il était ? Allait-il laisser cette femme se débattre seule avec son chagrin ?

Il préféra ignorer la petite voix qui lui soufflait : *Seule face à son chagrin... Comme toi ?* Il se leva et lui tendit la main.

— Viens.

— Où ?

— Tu verras bien.

Sans plus d'explications, il l'entraîna vers la villa, jusqu'à l'immense piscine située sur leur terrasse. Là, il lâcha sa main et il entra dans le bassin par les marches situées à son extrémité la moins profonde. Il s'arrêta quand l'eau lui arriva à la taille, puis il se tourna vers Helia et lui adressa un sourire encourageant.

— Viens, répéta-t-il en lui tendant la main.

Elle fixa un instant sa paume, puis son regard remonta le long de son bras avant de s'attarder sur son torse. La lueur appréciatrice qui illumina les prunelles turquoise de la jeune femme lui procura une dangereuse sensation de satisfaction sur laquelle il préféra ne pas s'attarder.

— Fais-moi confiance.

Ces trois mots eurent l'effet d'une formule magique. Elle releva la tête et soutint son regard. Puis, après avoir pris une profonde inspiration, elle ôta son kimono et entra lentement dans l'eau.

Il balaya résolument la fierté qui l'envahit à la voir surmonter son appréhension. S'il ne voulait pas que ce mariage devienne ingérable, il devait éviter d'éprouver ce genre de sentiments devant les prouesses de son épouse.

Il vint à sa rencontre et elle saisit sa main dès qu'elle l'eut rejoint.

— Comment te sens-tu ? demanda-t-il, voyant qu'elle était tendue.

— OK, pour l'instant.

— Il n'y a pas lieu de paniquer, Helia. Tu as pied et il ne t'arrivera rien avec moi, la rassura-t-il.

— Je sais, dit-elle d'une voix légèrement tremblante.

L'appréhension de la jeune femme l'empêchait heureusement de remarquer à quel point elle le troublait. Son regard était irrésistiblement attiré par son bikini vert et, surtout, par ce qu'il couvrait. Contrairement à ceux que portaient ses anciennes petites amies, ce maillot n'était pas outrageusement sexy, mais ce qu'il laissait deviner de ses seins fermes lui donnait envie de les embrasser. Il brûlait d'imprimer la marque de ses lèvres sur la peau satinée de son ventre plat où perlaient quelques gouttelettes d'eau...

S'arrachant à sa contemplation qui menaçait de lui faire commettre une énorme sottise, il fit pivoter la jeune femme sur elle-même. Puis, il posa les mains sur ses bras et la guida pour lui faire exécuter les mouvements de brasse hors de l'eau. Il la sentit frémir à son contact, mais elle continua à décrire des cercles avec les bras.

— Je ne suis pas une experte, mais ne devrais-je pas faire ça dans l'eau ? demanda-t-elle sur le ton de la taquinerie.

— Tu peux toujours essayer, mais je ne pense pas que ça te plaira d'être sous l'eau. J'ai entendu dire qu'il était difficile d'y respirer.

— C'est juste.

Comme par enchantement, ce bref échange allégea immédiatement l'atmosphère. Il réalisa alors que, avec elle, il avait tout le temps envie de sourire ou de rire. Écartant cette pensée perturbante, il se concentra sur la leçon de natation. Il lui fit répéter les mouvements jusqu'à ce qu'elle soit parfaitement à l'aise.

— Maintenant, approche-toi du bord, dit-il. Tu vas te tenir au mur et battre des jambes. Ne t'inquiète pas, je te tiendrai, ajouta-t-il, voyant qu'elle était sur le point de protester.

Quand elle eut agrippé le bord du bassin, il l'aida à se mettre à l'horizontale, puis, plaçant les mains sous son ventre, il la soutint pendant qu'elle s'entraînait à faire le bon mouvement de jambes. Il s'entendait donner des instructions, mais son esprit était ailleurs, préoccupé uniquement de se délecter de la douceur de sa peau. Il n'avait qu'une envie : envoyer promener la leçon de natation pour la serrer dans ses bras et lui montrer l'effet que ce fichu bikini avait sur lui.

Au prix d'un effort considérable, il se ressaisit. Lentement, il l'éloigna du mur pour qu'elle s'habitue à la sensation de l'eau.

— Pas de panique, murmura-t-il. Je ne te lâcherai pas.

Mais son calvaire n'était pas terminé, car s'il ne pouvait plus contempler son beau visage ou ses seins, il voyait maintenant ses fesses. Bon sang ! Elle était la perfection faite femme. Et elle le rendait fou de désir. Il n'avait qu'une envie : la plaquer contre le mur de la piscine et l'embrasser. L'embrasser jusqu'à ce qu'elle oublie où elle était. Il voulait l'entendre crier de plaisir sous ses caresses, encore et encore.

Atterré par le cours sensuel que prenaient ses pensées, il se dirigea vers l'endroit où elle avait pied et il la relâcha, avant de mettre entre eux une distance de sécurité.

— Je pense que c'est assez pour aujourd'hui, dit-il. Ce n'est pas la peine que tu t'épuises le premier jour.

— Oh... Hmm. D'accord.

Était-elle dupe de cette fausse excuse ? Mais il n'avait pas le choix. Il devait à tout prix se soustraire au dangereux pouvoir qu'elle exerçait sur lui malgré elle.

— Vasili... ? Tu es sûr que tout va bien ?

Voyant qu'elle s'approchait, il s'empressa de sortir de la piscine.

— Bien sûr, je viens seulement de me rappeler que je dois régler quelques petits problèmes au palais. Tu sauras t'occuper sans moi ?

— Oui, bien sûr.

Fort de cette assurance, il prit sa serviette et disparut dans la villa sans un regard pour sa femme.

8

Debout devant le grand miroir de la chambre à coucher, Helia appliquait soigneusement son rouge à lèvres. Durant sa formation express, on lui avait enseigné qu'elle serait dorénavant toujours en représentation, car elle pouvait être photographiée à tout moment, même à son insu. Il était peu probable que des paparazzis, munis de puissants téléobjectifs, les surveillent d'un bateau au large tandis que Vasili et elle dîneraient dans le restaurant de l'hôtel, mais elle préférait ne pas courir de risque.

Après un dernier coup d'œil sur sa tenue – une splendide robe-toge blanche qui mettait en valeur son bronzage –, elle quitta leur chambre pour rejoindre Vasili, comme il le lui avait demandé dans un mot qu'elle avait trouvé en revenant de la piscine.

La piscine… Quels moments magiques elle avait passés là avec son mari ! D'abord réticente, elle avait fini par accepter son offre. Comment résister, quand elle rêvait depuis toujours d'apprendre à nager ? De plus, Vasili avait fait preuve d'une telle gentillesse, d'une telle patience, au point qu'elle avait rapidement oublié son appréhension. Il l'avait soutenue, portée dans l'eau, et au contact de ses grandes mains viriles sur son corps, son cœur avait battu la chamade. Quant à sa voix grave qui lui prodiguait conseils et encouragements… Elle était comme une caresse qui lui donnait des frissons.

Ravie de l'attention qu'il lui accordait, elle avait cependant dû redescendre de son petit nuage quand il avait mis un terme à la leçon avec une brusquerie qui l'avait déconcertée. Passer du temps avec elle le rebutait-il tant que ça ? Toujours est-il qu'elle ne l'avait plus vu depuis ce départ précipité.

En arrivant au restaurant, elle avisa un large ponton qui prolongeait la terrasse en s'avançant sur la mer. Une unique table y était dressée, avec deux chaises, dont l'une était occupée par Vasili. Elle s'avança vers lui et nota qu'il portait une chemise blanche en lin dont les manches retroussées dévoilaient ses avant-bras musclés. Dans la lumière tamisée de l'unique photophore posé au milieu de la table, elle vit une étrange lueur briller dans ses yeux lorsqu'elle apparut. Ou son imagination lui jouait-elle des tours ? Il se leva et tira galamment la chaise pour l'inviter à s'asseoir.

— Tu es magnifique.

— Merci, bredouilla-t-elle, peu habituée à recevoir des compliments.

— Du vin ? proposa-t-il.

— Volontiers.

Helia voyait bien que quelque chose le préoccupait, et que sa décontraction n'était qu'une façade. Elle voulut en avoir le cœur net.

— Qu'est-ce qui ne va pas ? demanda-t-elle après avoir bu une gorgée du délicieux vin fruité qu'il lui avait servi.

— Rien.

— Je ne te crois pas. Est-ce quelque chose que j'ai fait ?

— Ça n'a rien à voir avec toi, Helia.

— Tu te souviens que nous nous sommes promis d'être toujours honnêtes l'un envers l'autre ?

— Parfaitement. Et c'est pourquoi je t'en parlerais si j'avais quoi que ce soit à te reprocher.

L'arrivée des serveurs interrompit leur discussion. Elle s'adossa à sa chaise et, affichant un sourire, elle remercia les hommes qui déposaient les entrées devant eux. Ils étaient en lune de miel, ils se devaient d'offrir au monde l'image d'un couple de jeunes mariés comblés. À mille lieues de la réalité de leur relation ! Elle songea qu'un couple ordinaire en voyage de noces se serait amusé à se donner la becquée, tant les olives marinées, les multiples sauces et les mini-pittas se prêtaient à ce type de jeu de séduction, préambule à une nuit torride.

Dès que les serveurs se furent éloignés, elle se pencha vers Vasili et parla doucement pour n'être entendue que de lui.

— Si tu le souhaites, je peux partir. Je peux prétexter une insolation… Personne n'en saura rien.

— C'est hors de question, dit-il, les mâchoires serrées.

— Très bien. Alors que dirais-tu d'échanger une pensée contre une pensée ? Depuis tout à l'heure, je me demande ce que j'ai fait pour te contrarier. Car tu es contrarié, inutile de le nier, et si nous continuons comme ça, les gens vont penser que le roi et la reine sont brouillés. Si c'est parce que tu te sens obligé de rester avec moi, alors que tu préférerais prendre le temps de faire le deuil de ton frère, alors profite de ce que nous soyons seuls ici, sans témoins. Je respecterai ton besoin de solitude.

Vasili se détestait. Il aurait dû se douter qu'Helia risquerait de se sentir responsable de son départ précipité - sa fuite -, alors qu'elle était irréprochable. Même maintenant, alors qu'il s'était conduit comme un goujat, elle faisait preuve de gentillesse et de compassion. Elle se souciait davantage du chagrin qu'il éprouvait que de l'affront qu'il lui avait infligé.

Elle le connaissait à peine, mais elle lui apportait un soutien indéfectible. C'était une expérience totalement nouvelle pour lui et il en éprouvait une sensation étrange, comme s'il était adossé à un mur inébranlable.

Cependant, aussi réconfortante que soit cette sensation, il ne suivrait pas son conseil. Malgré le vide que la mort de son frère laissait en lui, il ferait face à son chagrin comme il faisait face à tous les événements de sa vie. Seul.

— Ce ne sera pas nécessaire, Helia.

Pour montrer que le sujet était clos, il prit un morceau de pitta et le trempa dans l'une des sauces, puis il le posa dans l'assiette d'Helia. L'idée incongrue de lui donner la becquée lui traversa brièvement l'esprit, mais il la chassa résolument. Elle prit le bout de pain et l'avala distraitement.

— Je suis désolé d'être parti brusquement tout à l'heure, mais je n'ai pas besoin de temps pour faire mon deuil.

— Bien sûr que si. Tout le monde en a besoin.

— « Tout le monde » n'a pas les mêmes responsabilités que moi, rétorqua-t-il en mordant dans un morceau de pitta trempé de sauce.

— Cela ne veut pas dire que tu doives tout affronter tout seul, tu sais.

— Je ne suis pas seul. Je suis avec une belle femme.

— Pourquoi changes-tu de sujet ?

Tout en parlant, elle avait pris une olive dans le bol et, sans doute inconsciente du spectacle troublant qu'elle lui offrait, elle la porta à sa bouche et la savoura lentement. Puis elle ferma brièvement les yeux et pencha la tête sur le côté. Il avait remarqué qu'elle faisait ce mouvement chaque fois qu'elle essayait de le comprendre.

— Je ne change pas de sujet.

— Et maintenant, tu mens. Quelque chose te trahit, tu le savais ?

— Quoi ?

— Tu clignes des paupières et tu détournes le regard.

— Tu as apparemment beaucoup trop de temps à perdre pour m'étudier aussi attentivement.

— Tu vois, tu fais encore dévier la conversation, dit-elle en lui décochant un sourire malicieux. Mais qu'à cela ne tienne. Parlons d'autre chose, puisque c'est ce que tu veux. Tu m'as dit que tu étais déjà venu ici. J'imagine qu'ils doivent organiser des fêtes spectaculaires.

Sa tentative de lui tirer les vers du nez le fit sourire.

— Je n'en sais rien. Pour la simple et bonne raison que je suis toujours venu ici seul. C'est mon refuge, l'endroit où je viens chercher la paix et la tranquillité, loin du monde.

Elle reposa la bouchée de pitta qu'elle s'apprêtait à déguster, visiblement confuse.

— Pourtant, tu m'as amenée ici. Pourquoi ?

— Pourquoi ? Je n'en sais rien.

— Parfois, j'ai du mal à te comprendre, avoua-t-elle.

— Dans ce cas, peut-être devrais-tu m'étudier davantage.

L'idée que quelqu'un puisse vraiment le connaître le séduisait, car personne – à part sa nurse – n'avait jamais pris cette peine. De son côté, il n'avait jamais cherché à nouer de relations sérieuses, considérant qu'elles étaient de toute façon vouées à l'échec. Il était conscient qu'il risquait de devenir un souverain froid pour qui son royaume passait avant sa femme.

Allait-il finir par ressembler à ses parents ? Sans doute. Mais il n'avait pas l'intention de se couper d'Helia. Si seulement elle acceptait sa proposition ! Il se chargerait de la distraire et de lui faire oublier les questions qui semblaient la tarauder. Sans risquer de se retrouver lui-même piégé dans une relation dont il ne voulait pas.

— Vasili... Pourquoi détestes-tu autant la Couronne et le fait d'être roi ? demanda Helia quand ils furent couchés et qu'il eut éteint la lumière, ce soir-là.

Il fixa un moment par la fenêtre la lune qui éclairait les

falaises escarpées, réfléchissant à ce qu'il était prêt à lui révéler. Finalement, il opta pour la réponse la plus courte et la plus sûre.

— C'est une cage.

Une cage qui emprisonnait votre cœur, de sorte que vous ne pouviez jamais donner votre amour à ceux qui l'auraient pourtant mérité. Elle emprisonnait aussi votre esprit, vous obligeant à toujours être ce que l'institution attendait de vous. Enfin, elle emprisonnait votre âme, vous empêchant de jouir d'une véritable liberté.

Il n'exprima cependant pas le fond de sa pensée, sachant qu'Helia comprendrait qu'il ne pouvait pas tout dire. Elle était perspicace. Intelligente.

— Je sais que je n'ai pas encore accepté tes conditions et que notre mariage ne sera jamais un mariage traditionnel, dit-elle enfin. Mais peut-être pourrions-nous être amis ? Je pense que nous avons tous les deux besoin d'un ami pour la vie dans laquelle nous nous engageons. Sinon elle nous paraîtra très longue et très malheureuse. Et aucun de nous ne mérite cela.

Sa gorge nouée par l'émotion empêchait Vasili de répondre. De guerre lasse, elle poussa un soupir, avant de lui tourner le dos.

— Tout ce que je te demande, c'est d'y réfléchir. Bonne nuit, Vasili.

Il resta longtemps les yeux ouverts, écoutant le bruit du ressac et repassant ses paroles dans sa tête. Quand finalement la respiration régulière de sa femme lui indiqua qu'elle était profondément endormie, il murmura :

— J'ignore comment être un ami, Helia. Tout ce que je sais, c'est être seul.

9

Vasili finit par s'endormir au petit matin, mais son sommeil fut de courte durée. Quand il se réveilla, il faisait jour, et quelle ne fut pas sa surprise de découvrir qu'Helia dormait dans ses bras. Décidément, même dans le sommeil, une puissante attirance les poussait l'un vers l'autre ! Toutefois, au lieu de s'écarter, comme la prudence l'y incitait, il l'attira davantage contre lui et, s'enivrant du parfum de sa peau, il savoura la douceur de ses courbes féminines.

Comme le lui avait justement fait remarquer Helia la veille, s'ils ne trouvaient pas rapidement un compromis, leur situation deviendrait intenable. Mais devenir amis… ? Un solitaire invétéré tel que lui en serait-il capable ?

Néanmoins, au désir qu'il éprouvait pour elle se mêlait l'envie de mieux la connaître. Et même s'il doutait de ses capacités à être un bon ami, un bon mari ou un bon roi, il se devait de faire un effort pour rendre la vie plus agréable à Helia, tout en gardant ses distances, du moins jusqu'à ce qu'elle accepte le marché qu'il lui avait proposé.

Pour commencer, il devait lui consacrer plus de temps, et ne plus la fuir, comme il l'avait fait la veille.

Fort de cette résolution, il sortit du lit en veillant à ne pas la réveiller. Après avoir enfilé un T-shirt, il appela la réception pour commander du café, puis il passa un autre coup de fil.

Quand tout fut réglé, il s'assit au bord du lit et se pencha vers son épouse endormie.

— Helia ? murmura-t-il. J'ai une surprise pour toi. Ce serait dommage que tu la rates parce que tu aurais dormi toute la journée.

Les yeux toujours fermés, elle fronça le nez et laissa échapper un grognement d'irritation.

— Ce ne sera pas toute la journée, marmonna-t-elle.

— Allez, lève-toi. Ton café t'attend et tu dois te préparer.

— Pourquoi faut-il se réveiller si tôt ? demanda-t-elle en ouvrant les yeux.

— On dirait que tu es du genre ronchon au réveil, la taquina-t-il.

Pour toute réponse, elle lui lança un regard sombre, et il ne put s'empêcher de sourire.

— La surprise est sur l'eau, ajouta-t-il.

— Alors ce n'est pas pour moi, répliqua-t-elle en s'enfonçant de nouveau sous la couverture.

— Ah non, tu ne vas pas t'en tirer comme ça !

D'un geste sec, il tira sur la couverture.

— Je t'attends dehors dans un quart d'heure.

Lorsqu'elle le rejoignit sur la terrasse, vêtue d'un bikini et d'une tunique de plage quasi transparente, Vasili sut que la journée serait très longue. Elle était apparemment de meilleure humeur.

— J'ignorais que les rois avaient le droit de porter des shorts, plaisanta-t-elle.

— Le protocole l'autorise quand ils sont en lune de miel au bord de la mer.

— Où allons-nous ? demanda-t-elle en lui emboîtant le pas.

— Je t'ai dit que c'était une surprise.

Elle n'insista pas et, quelques minutes plus tard, ils arrivèrent sur un ponton où était amarré un canot à moteur en acajou verni dont la coque luisait sous le soleil matinal.

Il attendit patiemment qu'elle lui fasse signe qu'elle était prête à embarquer. La prenant par la main, il l'aida à monter à bord. Puis il saisit un gilet de sauvetage rouge vif et donna un coup de main à Helia pour l'enfiler. Comme quand il avait attaché sa ceinture de sécurité dans l'hélicoptère, le simple fait de frôler la jeune femme, de la sentir frémir à son contact, enflamma son désir, et il résista difficilement à l'envie de l'embrasser. Quand le gilet fut bouclé, il l'invita à prendre place dans l'un des sièges en cuir.

— La mer est calme aujourd'hui, mais si ça peut te rassurer, tu peux te tenir à cette poignée, dit-il en s'installant derrière le volant.

Puis il démarra et le bateau s'écarta de l'embarcadère avant de s'élancer vers le large. Laissant la côte derrière eux, il dirigea l'embarcation vers un îlot au large de l'archipel.

À l'approche de l'île déserte, il fit ralentir le bateau, avant de couper le moteur. Puis il saisit le panier qu'il avait fait déposer sur la banquette arrière. À en juger par son froncement de sourcils, Helia ne l'avait même pas remarqué. Il fallait dire que sa nervosité n'avait pas faibli pendant le trajet. Une fois sur la terre ferme, cependant, elle se détendit.

Il l'entraîna vers la plage, son endroit préféré de tout Thalonia. Personne ne venait jamais sur cette île, où régnait un calme apaisant.

— C'est magnifique ! s'exclama-t-elle quand ils arrivèrent à destination. L'eau est comme un miroir.

— Tu vois ces falaises de chaque côté de la baie ? Elles forment une digue naturelle. C'est pourquoi l'eau est toujours calme. Tu peux te baigner en toute sécurité... Avec moi, bien sûr, ajouta-t-il.

— Quelle merveilleuse surprise ! Merci de m'avoir amenée... Même si tu conduis trop vite.

Sans se soucier de son regard réprobateur, il s'éloigna.

— Tu t'y habitueras.

Il réalisa que sa remarque sous-entendait qu'il avait l'intention de revenir ici avec elle. Pourquoi pas, après tout ? À mille lieues de l'atmosphère oppressante du palais, il s'était toujours senti merveilleusement libre ici. Dans les années à venir, Helia aurait probablement besoin elle aussi de ces coupures, loin de leurs obligations officielles.

— J'ai fait préparer un pique-nique. Tu veux te baigner avant ou après être passée à table ?

— Avant ! La nervosité risque de me couper l'appétit.

— Dans ce cas, va pour la baignade, dit-il en ôtant son T-shirt.

Il eut toutes les peines du monde à se maîtriser tandis qu'Helia se débarrassait à son tour de sa robe légère. Ses mains le démangeaient de l'attirer dans ses bras et d'ôter ce charmant bikini bleu électrique pour caresser sa peau bronzée. Mais il avait réussi à étouffer ses pulsions quand il la prit par la main pour entrer dans l'eau.

— S'il te plaît, ne me lâche pas, le supplia-t-elle quand l'eau leur arriva à la taille.

— Je ne te lâcherai pas, tu peux me faire confiance.

— Je sais.

Elle avait sans doute tort, mais il ne pouvait nier qu'entendre enfin quelqu'un affirmer qu'il était digne de confiance lui faisait chaud au cœur.

— J'observais toujours avec envie les gens qui jouaient dans l'eau. C'est curieux comme quelque chose d'aussi simple que de barboter dans la mer peut sembler si important.

Vasili ne lui avait pas seulement permis de réaliser son rêve, il l'avait fait dans le cadre enchanteur de cette crique sauvage, à l'abri des regards qui auraient pu l'intimider.

— Pourquoi es-tu si gentil avec moi ? Après tout, tu m'as épousée par sens du devoir.

Elle sentit les mains masculines qui la tenaient par la taille se desserrer légèrement, mais elle continua d'exécuter les mouvements de brasse.

Pour avoir été témoin de son comportement au palais quand il n'était que prince, Helia savait qu'il était foncièrement généreux. Mais maintenant qu'elle-même faisait l'objet de cette prévenance, il lui était difficile de ne pas ressentir quelque chose pour Vasili. Et pour cette raison, elle n'avait toujours pas accepté la proposition du roi.

— J'ai été forcé de me marier, Helia, mais pas de t'épouser. C'était mon choix, même si je ne sais pas grand-chose de toi...

— Que veux-tu savoir ?

— N'importe quoi. Raconte-moi un bon souvenir.

Il ne fallait pas compter sur Vasili pour poser une question banale comme celles que les gens vous posaient généralement quand ils voulaient faire connaissance. Pourquoi avait-elle l'impression qu'il désirait connaître son cœur ? Helia n'avait pas l'habitude de se confier mais, pour une raison inconnue, elle savait que son souvenir le plus précieux serait en sécurité avec lui.

— Mon père était fleuriste et, chaque soir, il rentrait à la maison avec une fleur pour moi. Une seule. J'avais un vase dans ma chambre et, à la fin de la semaine, il contenait un bouquet de magnifiques fleurs dépareillées. J'adorais ça.

— Lesquelles étaient tes préférées ?

— Les iris. Il en existe de tellement de couleurs.

Elle laissa échapper un petit rire embarrassé.

— Qu'y a-t-il ? demanda-t-il.

— Rien. C'est seulement que je n'en avais jamais parlé à personne.

À qui aurait-elle pu se confier, en effet ? Elle n'avait jamais eu d'amis, sans doute parce qu'elle ne voulait pas prendre le risque de s'attacher, puis d'être abandonnée encore. Comme la plupart des autres orphelins, elle s'était accrochée à l'espoir d'être adoptée un jour, mais comme pour la majorité d'entre eux, ce jour n'était jamais arrivé. Si vous étiez assez âgé pour espérer, vous étiez généralement trop âgé pour être adopté. Et l'espoir s'était éteint.

— Je me sens honoré que tu me l'aies raconté, dit-il d'une voix vibrante de sincérité.

Quand il plongeait ainsi son magnifique regard doré dans le sien, Helia sentait renaître en elle l'espoir et elle oubliait presque qu'il n'éprouverait jamais de sentiments profonds pour elle.

À ce point de ses réflexions, elle réalisa soudain que, distraite par leur conversation, elle s'était éloignée du rivage et que, tout en restant près d'elle, il l'avait lâchée.

— Je n'arrive pas à y croire ! s'exclama-t-elle, incrédule. Je sais nager !

— Tu apprends vite, mais je pense qu'il est temps de faire une pause. Retournons sur la plage et voyons ce qu'il y a dans ce panier à pique-nique.

Une fois qu'ils se furent séchés, ils s'assirent sur une couverture et Vasili sortit du panier deux flûtes, une bouteille de champagne, un bol de fraises et un assortiment de mini-sandwichs.

Affamée par l'activité physique, Helia prit une fraise. Elle venait de planter les dents dans le fruit rouge et charnu quand ses yeux rencontrèrent ceux de Vasili, rivés sur sa bouche.

Troublée par le regard brûlant de son compagnon, elle tenta de faire diversion.

— À ton tour de me raconter un bon souvenir, dit-elle d'un ton qu'elle s'efforça de rendre léger.

Elle crut qu'il n'allait pas lui répondre. Mais au moment où elle s'apprêtait à insister, il commença.

— Quand Leander et moi étions enfants, il se faufilait dans ma chambre la nuit pour m'apporter des friandises qu'il chipait dans les cuisines. Mais au fil du temps, je suis devenu meilleur que lui à ce petit jeu et, chaque soir, nous passions quelques heures ensemble à nous régaler de mon butin.

— Vous étiez proches ?

— Pas spécialement. Il devait se préparer à devenir roi. Cela ne nous a pas laissé beaucoup de temps pour nouer des liens.

Helia se retint de lui faire remarquer que, d'après ce qu'il lui racontait, ils semblaient au contraire incroyablement proches. Elle-même aurait donné cher pour avoir un frère ou une sœur pendant toutes ces années à l'orphelinat.

— Il te manque, n'est-ce pas ?

— Oui, énormément. Champagne ?

— Oui, s'il te plaît.

— Tu disais que tu n'avais jamais pris l'avion, mais as-tu déjà voyagé ? demanda-t-il.

Consciente que tout ce qui se rapportait à son frère était un sujet sensible pour Vasili, elle ne lui tint pas rigueur de sa manœuvre pour détourner la conversation.

— Avec mon père, nous passions nos vacances dans une cabane dans la forêt, à quelques heures de Seidon. Le cadre était magnifique et paisible.

— Puis-je te demander comment il est décédé ?

— Rupture d'anévrisme.

— Je suis désolé, murmura-t-il en prenant sa main dans la sienne.

Avec le temps, Helia était devenue indifférente à la sympathie que provoquait chez ses interlocuteurs l'annonce de la mort de son père, mais aujourd'hui, parce que c'était Vasili, elle appréciait le réconfort qu'il lui offrait et elle avait envie de s'appuyer sur lui. De nouveau, cet espoir dangereux renaissait en elle, car elle avait décelé chez cet homme une profondeur, une gentillesse que personne à part elle ne semblait voir.

— Merci, dit-elle. Puis-je te faire une confidence ?

— Dois-je m'inquiéter ?

— Non ! répliqua-t-elle en éclatant de rire. Je t'ai croisé, le premier jour où je suis venue travailler au palais.

Il se redressa, visiblement intéressé. Et ravi ?

— Tu portais un blouson en cuir noir et tu enfourchais ta moto. Je t'ai trouvé plutôt sexy. Original, mais sexy.

Consternée, elle sentit qu'elle rougissait. Ce qui n'échappa pas à Vasili, dont le visage s'éclaira d'un sourire.

— Vraiment ? dit-il.

— J'ai aussi pensé que tu avais un ego surdimensionné.

— Menteuse. Mais c'est sans importance. Si tu veux, je t'emmènerai faire un tour à moto.

— Un roi qui se balade à moto ? s'exclama-t-elle d'un ton railleur.

— Qui m'en empêcherait ?

Helia but une gorgée de champagne avant de se pencher vers lui.

— Tu répètes que tu ne veux pas être roi, mais j'ai l'impression que tu prends goût au pouvoir.

Il haussa les épaules, mais il ne la contredit pas.

— De toute façon, il est hors de question que je monte sur cet engin de mort, ajouta-t-elle.

— Tu as peur ?

— Oui ! Je ne sais même pas conduire une voiture, alors ne compte pas sur moi pour me déplacer sur deux roues.

— Tu ne sais pas conduire ?

Helia acquiesça. Encore une compétence assez basique qu'elle ne possédait pas.

— Eh bien, dans ce cas, il faudra que je t'apprenne.

— Je ne vois pas quand tu trouveras le temps, répliqua-t-elle en éclatant de rire, pour qu'il ne devine pas à quel point sa sollicitude la touchait.

— Je le prendrai.

— Je te l'ai déjà dit, mais je te remercie encore de m'avoir emmenée ici, Vasili. J'ai rarement été aussi détendue. Dans mes rêves les plus fous, je n'imaginais pas vivre la vie que je vis maintenant. J'avoue que j'ai du mal à m'y faire.

— Tu sais que tu peux demander de l'aide, Helia.

— À qui ? À Andreas, ou à Carissa ?

— À moi.

Elle fit un effort pour empêcher son cœur de s'emballer. Ce n'est pas elle, Helia, qu'il voulait guider pour ses premiers pas de membre de la famille royale. Il souhaitait seulement s'assurer que la reine qu'il avait choisie contre l'avis général ne commettrait pas d'impairs.

Vasili regrettait-il déjà ces confidences échangées ? Toujours est-il qu'il se leva sans crier gare.

— Je retourne dans l'eau, annonça-t-il.

Helia se leva à son tour et alla s'asseoir sur un rocher plat. De son poste d'observation, elle le suivit du regard tandis qu'il s'avançait dans la mer. Elle admira le jeu des muscles de son dos tandis qu'il plongeait sous la surface. Quand il émergea après un moment qui lui parut interminable, elle eut le souffle coupé par la grâce de ses mouvements alors qu'il fendait l'eau. Cet homme sublime était son mari. Et au fur et à mesure qu'elle apprenait à mieux le connaître, elle s'apercevait qu'il était bien plus que le séduisant prince qui faisait battre son cœur quand elle le croisait en se rendant à la bibliothèque. Et elle l'appréciait de plus en plus.

Il revint enfin vers le rivage. Il l'avait apparemment vue sur son rocher, car il nagea dans sa direction. Quand il eut pied, il s'avança vers elle. L'eau qui plaquait ses cheveux contre sa tête et qui ruisselait le long de son corps sculptural le faisait ressembler à une statue antique. Un pur chef-d'œuvre. Et il la dévorait du regard. Il n'était plus qu'à quelques pas d'elle et l'air se chargea d'électricité. Comme à l'église, quand ils s'étaient embrassés.

Aimantée par la passion qu'elle lut dans les prunelles dorées de Vasili, elle se laissa glisser du rocher pour le rejoindre, sans se demander si elle avait pied. Mais cela n'avait aucune importance, car il la saisit par la taille.

Elle leva la tête vers lui et il s'empara de ses lèvres avec avidité. Une délicieuse chaleur s'insinua dans ses veines tandis qu'elle s'abandonnait à son baiser langoureux. Elle se grisait du goût salé de ses lèvres masculines, de la sensation de ses bras puissants qui l'enlaçaient, des caresses dont il parcourait ses bras et son dos. De toute évidence, l'explosion de sensations qu'elle avait connue à l'église n'était pas due à l'effet de surprise. L'alchimie qui existait entre eux produisait des étincelles.

Et il ne tenait qu'à elle de revivre cette incroyable expérience sensuelle.

Mais était-elle prête pour cela à renoncer à connaître une véritable relation basée sur des sentiments profonds, à renoncer à avoir des enfants ?

Réalisant que c'était ainsi qu'elle vivait depuis de longues années – indépendante, sans famille, sans attaches – elle conclut qu'elle ne renonçait en réalité à pas grand-chose. Rien ne changerait fondamentalement dans sa vie. Alors que cette alchimie... Elle voulait l'explorer.

Et elle espérait que cela suffirait à combler son existence.

— Vasili..., murmura-t-elle dans un souffle. J'accepte tes conditions.

10

— Répète-le, murmura-t-il contre ses lèvres.

— J'accepte tes conditions, Vasili, toutes tes conditions.

À ces mots, le désir qu'il contrôlait de plus en plus difficilement le submergea. Sans interrompre leur baiser, il la porta hors de l'eau et ils continuèrent de s'embrasser, allongés sur la plage, jusqu'à ce que le soleil commence à décliner.

En revenant à l'hôtel, ils ne repassèrent pas par la villa. Toujours vêtus de leurs vêtements de plage, ils dînèrent de nouveau sur le ponton. Une complicité nouvelle régnait entre eux, rendant le dîner beaucoup plus agréable que la veille, et il eut envie de prolonger cette journée merveilleuse.

Main dans la main, ils marchèrent jusqu'à une plage éloignée de l'hôtel, que seule éclairait la lumière argentée de la lune. Là, il s'allongea sur le sable, croisa les bras derrière la tête, puis il invita Helia à faire de même.

Avec un petit rire amusé, visiblement ravie de céder à l'un de ses caprices, elle s'exécuta.

Dans le ciel sombre scintillant d'étoiles, la Voie lactée étalait sa traînée poudreuse.

— C'est magnifique ! s'exclame Helia.

— En ville, l'éclairage empêche de voir les étoiles avec une telle netteté. Quand je viens ici, je prends toujours un moment pour les contempler.

— Merci de partager cette expérience avec moi.

C'est lui qui devait la remercier d'être là avec lui. Grâce à sa présence chaleureuse, il avait passé la meilleure journée de sa vie. Et cela aurait été le cas même si elle n'avait pas accepté son marché.

Conscient que, s'il laissait le silence s'installer, il risquait de commettre un acte qu'il regretterait, il préféra ramener la conversation sur les étoiles.

— Selon la mythologie, c'est Héra qui a créé la Voie lactée. Héraclès avait besoin de cette force pour ses travaux.

Il s'était tourné vers elle et il ne put nier que l'expression de surprise sur le visage de sa compagne flatta son ego.

— Quoi ? Tu croyais que les princes ne lisaient pas ?

— Non. Je pensais plutôt que la mythologie ne figurait pas sur la liste de livres qu'on t'avait prescrite.

— Je pouvais lire tout ce que je voulais. De quelle liste parles-tu ?

— Celle qu'on m'a fournie.

— Oublie-la ! Tu es la reine, tu peux lire ce que tu veux.

Comment résister quand elle le dévisageait avec ce regard rêveur ? N'y tenant plus, il tendit la main et écarta la mèche caramel qui retombait sur son visage. Seigneur ! Il avait tout le temps envie de la toucher. Et le plaisir qu'il en retirait l'enchantait autant qu'il l'effrayait.

— Bien sûr, certains ouvrages sur cette liste te seront utiles pour mieux appréhender ton rôle de reine, mais tu n'as pas besoin de suivre à la lettre les recommandations d'Andreas. Il rêve de te modeler selon sa vision du parfait monarque, qui ne correspond pas nécessairement à la tienne.

— Et toi, quelle est ta vision ?

— Je suis satisfait de la reine que j'ai choisie, répondit-il en toute franchise, après quelques instants de réflexion.

Craignant que cette conversation finisse par prendre une tournure trop personnelle, il se leva et ôta son T-shirt.

— Viens prendre un bain de minuit.

— Mais...

— Allez, fais-moi confiance.

L'euphorie et la fierté qui l'envahirent quand elle prit sa main auraient dû l'alerter sur le fait qu'il allait au-devant de sérieux ennuis. Mais, oubliant ses résolutions de ne pas s'impliquer trop sérieusement dans cette relation, il l'entraîna dans l'eau.

— S'il te plaît, ne me lâche pas, le supplia-t-elle.

— Je n'en ai pas l'intention.

Quand l'eau leur arriva à la taille, il s'immobilisa et l'attira contre lui. Dans la crique, cet après-midi, elle ressemblait à une nymphe marine, avec ses prunelles de la même couleur que la mer, son corps doré par le soleil. Mais maintenant, sous la pâle lumière de la lune, elle avait l'aspect éthéré d'une déesse inaccessible, qu'il mourait d'envie de faire tomber de son piédestal.

Elle leva les yeux vers lui et il sentit les battements erratiques du cœur de la jeune femme contre son torse. Son propre pouls s'accéléra sous l'effet du désir et il s'inclina vers elle, les yeux rivés aux siens, puis il attendit qu'elle réduise la faible distance qui les séparait encore. En effet, il voulait être sûr qu'elle désirait la même chose que lui.

Elle mit fin à son supplice quand elle s'agrippa à ses épaules et qu'elle pressa les lèvres contre les siennes. D'abord langoureux, leur baiser se fit de plus en plus fiévreux. Le gémissement de satisfaction qui s'échappa de ses lèvres féminines attisa son désir. Il resserra son étreinte sans se soucier qu'elle sente son sexe durci contre son ventre.

Quand il s'écarta pour reprendre son souffle, elle effleura du bout des doigts ses lèvres, déclenchant une nouvelle avalanche de sensations en lui.

— Tout ceci est-il réel ? chuchota-t-elle.

Il comprenait parfaitement sa question, car lui aussi avait l'impression de vivre un rêve.

— Oui, murmura-t-il dans un souffle avant de reprendre possession de ses lèvres avec une passion démultipliée.

Quand il se fut rassasié du goût merveilleux de sa bouche, il voulut pousser plus avant son exploration du corps divin de sa compagne. De ses mains avides, il caressa sa gorge, ses seins, dont il taquina les bourgeons dressés.

— Oh ! Vasili, s'il te plaît..., soupira-t-elle dans un râle.

— Dis-moi ce que tu veux, Helia.

— Caresse-moi... plus bas.

L'aveu sans fard de son désir le galvanisa. Il glissa une main le long de son ventre puis, sous l'eau, il écarta son bikini. Elle gémit quand il reprit son baiser tout en commençant à explorer du bout des doigts le cœur palpitant de sa féminité.

Ses gémissements se muèrent en halètements tandis que ses caresses se faisaient plus précises. Oubliant son propre plaisir, il ne songeait plus qu'à celui de sa compagne.

En proie à une sensation de chaleur ardente qui la consumait, Helia était incapable d'aligner deux pensées cohérentes. Les baisers de Vasili, tout autant que ses caresses enivrantes, l'entraînaient dans un merveilleux tourbillon sensuel.

Ses fantasmes les plus fous étaient en train de se réaliser. Mais dans ses rêves érotiques, elle donnait autant de plaisir à Vasili qu'il lui en donnait. Surmontant sa timidité, elle promena sa main le long du torse musclé de son compagnon. Toutefois, quand elle voulut la glisser sous la ceinture de son short de bain, elle le sentit se crisper.

— Pas tout de suite, haleta-t-il.

— Pourquoi ?

— Parce que je veux te voir jouir. Et quand ce sera mon tour, je désire pouvoir te regarder... et que tu me regardes. Je veux que tu voies comment tu me fais perdre la tête.

L'érotisme de l'image qu'il évoquait était si puissant, que son excitation monta d'un cran. Il dut sentir qu'elle se liquéfiait, car il accentua sa pression sur le bourgeon ultra-sensible où s'étaient concentrées toutes les sensations de son corps. Et une pluie d'étoiles, plus étincelantes que celles qui brillaient au firmament, explosèrent en elle.

— Vasili ! cria-t-elle quand le plaisir la foudroya.

Sans cesser de la caresser, il l'embrassa passionnément, prolongeant son plaisir jusqu'à ce qu'elle se sente complètement vidée. Puis il la souleva dans ses bras et, sortant de l'eau, il la porta jusqu'à la villa.

Ils prirent leur douche ensemble. Sous le jet d'eau tiède, ils se lavèrent mutuellement et il la fit jouir de nouveau. Mais il l'empêcha de lui rendre la pareille. Elle ne comprenait pas l'attitude de son mari. L'avait-il trouvée trop maladroite ? Il est vrai que son expérience était limitée.

Démoralisée, elle se mit au lit. Vasili vint la rejoindre quelques instants plus tard. Son expression trahissait une multitude de sentiments contradictoires. Le désir qu'elle avait vu briller dans ses yeux s'était dissipé et elle priait pour qu'il n'ait pas cédé la place au regret.

Il poussa un soupir et l'attira contre lui.

— J'imagine que ce mariage ne ressemble pas à celui dont tu rêvais, Helia.

À vrai dire, elle n'avait jamais pensé qu'elle se marierait un jour. Mais là n'était pas la question. Elle avait besoin de savoir ce qui semblait tracasser son mari.

— J'ai envie de toi, poursuivit-il. Et ce depuis que tu es entrée dans mon bureau, ce jour où j'ai annoncé que je t'épouserais. Et je veux que tu me donnes du plaisir comme je t'en ai donné. Mais je dois m'assurer que tu sais dans quoi tu t'engages. Je ne peux pas t'aimer, Helia. L'amour est un sentiment dont je suis incapable. Nous ne serons jamais mari et femme au sens traditionnel du terme. J'en suis désolé, mais c'est ainsi.

Elle était parfaitement consciente de ce qu'elle faisait en acceptant son marché. Mais l'entendre prononcer ces mots la désolait, car elle le croyait tout à fait capable d'aimer. Le fait qu'il pleure la mort de Leander ne prouvait-il pas qu'il avait un cœur, quoi qu'il s'en défende ?

— J'ai compris et accepté tes règles, Vasili, dit-elle en priant pour que sa voix ne trahisse pas sa déception. Aux yeux du monde, nous formerons un couple uni, au service du royaume. Et dans l'intimité, nous explorerons cette attirance qui existe entre nous. Mais pas de sexe. Pas d'amour. Pas d'enfants.

Des émotions contradictoires s'entrechoquaient en elle. Elle souffrait de savoir qu'il ne l'aimerait jamais, mais l'aveu du désir irrésistible qu'il éprouvait pour elle mettait du baume sur son cœur meurtri. Pourrait-elle cependant se satisfaire d'une vie sans amour sur le long terme ? Et si le désir qui existait entre eux finissait par s'éteindre avec le temps ?

Lasse de se projeter dans un avenir incertain, elle céda à la tentation de la satisfaction de ses désirs immédiats. Elle voulait connaître encore le plaisir dans ses bras. Et elle voulait aussi lui donner du plaisir. Et pour être honnête, elle préférait la perspective d'une vie sans amour avec lui à celle d'une vie sans lui.

— Je t'assure que j'ai pris ma décision en toute connaissance de cause, affirma-t-elle.

— J'en suis heureux.

Elle effleura sa joue d'une caresse et il se tourna pour déposer un baiser dans sa paume. Puis il se pencha vers elle et l'embrassa sur la bouche. Chassant la pointe de mélancolie qui lui serrait le cœur, elle se laissa emporter par l'ivresse de ses baisers passionnés.

11

Quand Vasili ouvrit les yeux, il lui fallut quelques instants pour se rappeler qu'il était de retour au palais et qu'il dormait désormais dans l'imposant lit à baldaquin de la chambre réservée au roi.

Il contempla Helia endormie, la tête contre le creux de son épaule, et il songea avec une pointe de regret que la lune de miel était derrière lui. Fini les longues heures à explorer le corps délicieusement féminin de son épouse et à la faire crier de plaisir. Auraient-ils encore le temps maintenant de s'adonner aux jeux érotiques qui avaient enflammé leurs journées et leurs nuits pendant cet intermède enchanteur ?

Il était heureux qu'Helia ait accepté les limites qu'il avait fixées à leur relation, car sans cet exutoire sensuel, il aurait eu beaucoup de mal à côtoyer la jeune femme. Il avait tout le temps envie de la toucher, de la caresser, de l'embrasser, et il pressentait que, s'il poussait l'intimité entre eux plus loin, s'il couchait avec elle… il serait perdu.

Il pensait avoir trouvé la parade pour se protéger, mais la situation n'en était pas moins inextricable. Lui qui ne s'était jamais attaché à l'une de ses conquêtes devait reconnaître qu'il appréciait de plus en plus la compagnie de la jeune femme. Paradoxalement, l'absence de sexe entre eux conférait une dimension plus profonde à leur relation, comme si c'étaient leurs cœurs qui s'unissaient, plutôt que leurs corps.

Or n'était-ce justement pas ce qu'il voulait éviter ?

Ayant grandi dans l'ombre de son frère aîné et privé de l'affection qu'un enfant était en droit d'attendre des adultes qui l'entouraient, il avait enfermé son cœur à double tour. Pour se préserver, il avait renoncé à l'amour ou à l'amitié.

Même au milieu de sa bande de fêtards, il restait un loup solitaire, mais quand Helia dormait à côté de lui, sa présence dans l'obscurité le troublait et il sentait son armure se craqueler.

Il ne pouvait cependant pas rester à la contempler toute la matinée, aussi agréable que soit ce spectacle, car aujourd'hui devait avoir lieu leur première sortie officielle.

— Réveille-toi, Helia, murmura-t-il en s'écartant d'elle. Je te rappelle que nous devons visiter l'orphelinat. Tu ne veux quand même pas faire attendre les enfants ?

Elle commença par ronchonner et remonter la couverture sous son menton, avant de s'étirer en bâillant. Elle était tellement adorable avec sa moue boudeuse, qu'il rejeta les draps et qu'il se pencha pour dévorer de baisers son ventre plat, puis ses seins, pour finir par sa bouche.

— Tu sais que je pourrais m'habituer à ce genre de réveil ? s'exclama-t-elle en riant.

— Tu ferais mieux de sortir de ce lit avant que je ne te retienne ici pour une durée indéterminée, murmura-t-il à son oreille.

— Ce n'est pas en me menaçant de me donner du bon temps que tu vas me faire sortir du lit !

— Trêve de plaisanteries. Es-tu prête pour ta première sortie officielle ?

— Je pense que oui. Andreas m'a expliqué par le détail le programme de la visite et ce qu'on attend de moi.

Malgré l'assurance qu'elle affichait, il la sentait tendue et il en ressentit un pincement de culpabilité, car c'est lui qui l'avait mise dans cette situation en l'épousant.

— En tout cas, n'oublie pas que je serai à tes côtés, Helia. N'hésite pas à t'appuyer sur moi. D'accord ?

— Oui.

Elle lui sourit et caressa rêveusement sa joue. Aussi innocent que fût ce contact, il ne manqua pas de provoquer une réaction sans équivoque dans son bas-ventre. Craignant de commettre une folie s'il restait une seconde de plus près d'elle, il sortit du lit.

Vêtu d'un strict costume bleu foncé, Vasili attendait Helia dans le grand vestibule. Sa tenue avait été choisie pour lui, chaque élément ayant été pensé en fonction de l'image que le palais voulait projeter. Helia avait sans doute subi le même traitement. Il n'eut cependant pas le temps de ressasser l'agacement que lui causaient les recommandations incessantes d'Andreas et Carissa, car l'apparition de son épouse captiva toute son attention.

Elle était sublime. Sa chevelure caramel retombait en grandes boucles sur ses épaules, dégageant son visage. Sous son maquillage discret, il pouvait encore deviner la jeune femme naturelle qu'il avait connue lors de leur lune de miel. Quant à sa tenue… L'étoffe fluide de sa robe crème, descendant sous ses genoux, mettait en valeur avec élégance sa silhouette féminine.

— Tu es magnifique, la complimenta-t-il.

— Vous n'êtes pas mal non plus, Votre Majesté.

Le regard avide dont elle le couvait lui procura un délicieux frisson. En quelques jours, Helia s'était métamorphosée. D'abord timide dans l'intimité, elle avait pris de l'assurance et osait maintenant réclamer aussi bien que donner du plaisir, pour la plus grande satisfaction de l'homme qui avait la chance de partager son lit.

Mais le moment était mal choisi pour fantasmer sur son épouse. Adoptant l'attitude posée qu'on attendait d'un monarque, il prit Helia par le bras et ils sortirent du palais pour monter dans la Rolls-Royce arborant les fanions aux armes des Leos qui les attendait au bas des marches.

Quand le palais fut loin derrière eux, Vasili s'aperçut avec consternation qu'il ne connaissait pas la partie de la capitale qu'ils traversaient pour se rendre à l'orphelinat. Où était passé le dynamisme qui vibrait dans l'opulent centre-ville ? Ses parents, qui proclamaient fièrement que leur peuple était heureux, avaient-ils visité ces quartiers déshérités que l'espoir semblait avoir désertés ?

La voiture s'arrêta finalement devant un grand bâtiment blanc d'apparence banale. Les flashs des appareils photo crépitèrent tandis qu'ils descendaient du véhicule pour se diriger vers les personnes qui les attendaient devant l'entrée de l'orphelinat. Helia ralentit pour saluer les photographes et leur adresser un sourire. Lui qui était tout près pouvait cependant percevoir qu'elle était tendue. Andreas avait intérêt à être fier d'elle ! Mais le secrétaire particulier, qui se tenait à l'écart pour ne pas faire de l'ombre au couple royal, affichait un masque impassible.

— Vos majestés…

La femme à l'air las qui s'avança vers eux les salua d'une révérence. Elle serra la main qu'il lui tendit et il lui sembla que son expression s'éclaira d'une lueur d'espoir.

— Je suis heureuse de vous revoir, Maria, dit Helia.

Cette fois, le sourire de son épouse était franchement chaleureux tandis qu'elle prenait les deux mains de la directrice dans les siennes. À en juger par la familiarité qui régnait entre elles, les deux femmes se connaissaient. Helia avait-elle fait du bénévolat ici ? Étant donné sa gentillesse innée, cela ne l'étonnerait pas. Était-ce pour cette raison qu'elle avait choisi cet endroit pour leur première sortie publique ?

Son intuition se confirma quand les autres personnes présentes pour les accueillir la saluèrent avec la même chaleur.

— Êtes-vous prêts pour la visite ? demanda Maria.

— Après vous, répondit Vasili.

Tandis qu'ils déambulaient à l'intérieur du bâtiment, il comprit mieux de quoi parlait Helia quand elle évoquait les laissés-pour-compte de Thalonia. Il était évident que Maria et son équipe faisaient leur possible, mais leurs moyens étaient visiblement limités. L'endroit était miteux, il n'y avait pas d'autre mot. Les pièces communes étaient vétustes, les enfants se partageaient les chambres à deux ou trois. Quant à la salle de jeux, elle était lugubre.

Comment avait-il pu être à ce point aveugle à l'envers du décor de son royaume ? Sa rébellion lui semblait soudain vaine. Au lieu de faire égoïstement les quatre cents coups, il aurait pu se rebeller contre la Couronne en venant en aide aux plus démunis. Au fond, il était aussi coupable que ses parents et tous les privilégiés de Thalonia, dont il faisait partie. Et ce constat alimentait sa colère.

— Y a-t-il un endroit où nous pourrions discuter avec vous et votre équipe ? demanda-t-il à Maria.

— Oui, bien sûr.

Elle les conduisit dans une pièce équipée d'une grande table, aux murs recouverts de cartons empilés. Elle s'excusa du fait qu'il n'y ait pas de lieu plus approprié pour recevoir le roi et la reine, mais il balaya ses protestations d'un geste de la main.

— Cette pièce conviendra parfaitement, dit-il. Nous sommes ici pour vous écouter. Dites-nous quels sont vos problèmes et nous verrons ensemble quelles solutions nous pouvons y apporter.

Sur un simple signe d'encouragement d'Helia, Maria prit la parole. La façon dont sa femme interagissait avec les gens – ses sujets – le stupéfiait. Il avait eu tort de s'inquiéter, car elle se montrait parfaitement à l'aise. Elle savait écouter et n'interrompait ses interlocuteurs que pour demander des éclaircissements. Lui-même avait du mal à masquer son indignation devant le sort réservé à ces orphelins. La plupart des gens qui travaillaient là étaient des bénévoles. Sans aucune aide gouvernementale pour soutenir l'institution, quel était l'avenir de ces enfants ?

Mais maintenant qu'il était au courant, les choses allaient changer, et il était reconnaissant à Helia de lui avoir ouvert les yeux sur cette réalité.

Une fois la réunion avec le personnel terminée, ils allèrent à la rencontre des enfants. La vue des bébés lui serra le cœur. Tout comme celle d'adolescents aux mines trop blasées pour leur âge. Si Helia n'avait pas été à ses côtés, il aurait été complètement déstabilisé par toute cette misère, aspiré par la honte et la colère. Il réalisa soudain avec effroi que sa seule présence l'aidait à tenir le coup et qu'il avait besoin d'elle.

Ce fut un véritable soulagement quand une fillette vint tirer Helia par la main et qu'elle s'éloigna de lui.

Lorsque Anastasia, une petite pensionnaire qu'elle connaissait bien, la prit par la main et voulut l'attirer à l'écart, Helia vit plusieurs membres de son escorte s'approcher. Elle leur intima l'ordre de reculer d'un simple regard.

Elle avait d'abord hésité à s'éloigner de Vasili, car cette visite était manifestement un choc pour lui. Il prétendait être dénué d'émotions mais, sous ses dehors insensibles, elle savait qu'il était foncièrement bon et que la découverte de cet aspect de son royaume qu'il ignorait l'avait bouleversé. C'est pourquoi elle ne l'avait pas lâché d'une semelle.

Pour elle, l'orphelinat était le lieu où elle avait grandi, le seul foyer qu'elle ait connu après la mort de son père. Elle l'avait quitté à dix-huit ans, sans cesser d'y travailler comme bénévole, mais aujourd'hui elle était revenue en tant que reine et elle était déterminée à apporter à tous ces orphelins un avenir où l'espoir aurait sa place.

C'est pourquoi elle n'hésita pas à quitter son mari pour suivre la petite Anastasia.

— Où m'emmènes-tu ?

— Viens voir ce qu'on a fait.

La fillette l'attira vers un groupe d'enfants assis par terre, jouant avec des blocs de construction.

— On a construit un palais.

Quand Helia s'agenouilla sur le tapis défraîchi pour se mettre à la hauteur des enfants, Andreas fit mine de s'interposer, mais elle entendit Vasili lui ordonner de n'en rien faire. À cet instant, elle croisa le regard de son mari. Elle aurait donné cher pour savoir ce que signifiait l'émotion indéchiffrable qu'elle y lut. Puis il s'assit sur un canapé et examina à son tour l'édifice en briques de plastique.

— C'est là où tu habites, dit l'une des petites filles à Helia.

— Je pense que c'est bien plus impressionnant que l'endroit où je vis, répondit-elle, ce qui fit s'illuminer le visage de la fillette.

— Si c'est le palais de la reine Helia, intervint Vasili en ramassant quelques briques par terre, alors il a besoin d'une très grande bibliothèque.

De nouveau, leurs regards se croisèrent brièvement, mais cela suffit pour qu'une vague de chaleur l'envahisse. Sa réaction n'échappa apparemment pas à Vasili, car il esquissa un petit sourire satisfait. Pendant tout le reste de la visite, une troublante sensation de sensualité ne la quitta pas.

Cette sensation se doubla d'une affection grandissante pour son mari quand, ensuite, il s'adressa aux adolescents qui, plus intimidés que les petits, s'étaient tenus à l'écart des visiteurs de marque. L'espoir qu'elle nourrissait pour l'avenir de l'orphelinat se transformait peu à peu en espoir pour son propre avenir aux côtés de cet homme qui se souciait vraiment de son peuple.

— Nous vous tiendrons informée dès que nous aurons du nouveau, promit-il à Maria au moment du départ. En attendant, si vous avez besoin de quoi que ce soit, prenez contact avec mon secrétaire particulier.

Puis ils quittèrent l'orphelinat.

Sur le trajet du retour, il resta silencieux, visiblement perdu dans ses pensées. Mais les conditions de vie des orphelins lui tenaient trop à cœur pour qu'Helia accepte d'attendre plus longtemps pour savoir ce qu'il avait retenu de cette visite.

— Alors, qu'en penses-tu ? demanda-t-elle.

Elle surprit une lueur étrange, mais fugace, dans son regard, puis il poussa un soupir.

— Je suis effondré, Helia. Je n'imaginais pas que c'était aussi grave. J'aurais pourtant pu m'en douter, car j'ai toujours su que ma famille favorisait avant tout ses sujets les plus privilégiés. Mais je ne me suis jamais demandé quelles conséquences cela impliquait pour les autres.

— À quoi bon te faire des reproches ? Nous allons agir maintenant. Ce n'est pas pour rien que les gens là-bas étaient si heureux de te voir.

À l'expression morose de son compagnon, elle voyait bien que sa tentative pour l'apaiser avait échoué et elle ne comprenait pas pourquoi il ne voulait pas reconnaître l'impact que la simple venue du roi avait eu pour les gens de l'orphelinat.

Dès leur retour au palais, ils se rendirent dans le bureau de Vasili, où Andreas les rejoignit presque aussitôt. La mine renfrognée du conseiller la surprit, car elle avait l'impression d'avoir suivi à la lettre toutes ses consignes.

— Pourquoi cet air contrarié ? demanda Vasili. Reconnaissez que cette sortie a été un succès.

— Je ne nie pas que Carissa aura toutes les photos dont elle a besoin, répondit Andreas sans se départir de sa raideur.

Puis il se tourna vers elle.

— Mais vous, Votre Majesté, vous avez agi d'une manière indigne d'une reine.

— J'ai fait tout ce qu'on attendait de moi ! protesta-t-elle.

Elle sentit que Vasili s'était approché et qu'il se tenait derrière elle à présent. L'espace d'un instant, elle fut tentée de s'appuyer sur sa force, comme sa présence rassurante l'y invitait, mais elle se ravisa. Depuis quand ne savait-elle plus se défendre toute seule ? Elle n'était pas – elle n'avait jamais été – une faible femme.

— Accepter une réunion dans une réserve ! reprit Andreas, rouge de colère. Faire des promesses que nous ne pourrons peut-être pas tenir. S'asseoir par terre ! Jamais, au cours de ma longue carrière, je n'ai vu un membre de la famille royale se comporter de la sorte. Vous êtes censée incarner la puissance, ne vous incliner devant personne. Or vous vous êtes comportée comme une simple bénévole. Vous avez agi de façon totalement irréfléchie.

Il avait raison, mais en présence de ces orphelins, elle s'était revue, enfant, et elle avait oublié qu'elle était maintenant leur reine. Les reines ne se laissaient pas guider par leurs émotions, ni submerger par leur passé. Elles trouvaient des solutions aux problèmes de leurs sujets sans se laisser affecter personnellement.

— Vous n'êtes plus une bénévole, Votre Majesté. Vous êtes la reine Helia Leos et vous devez vous comporter comme telle.

— Assez ! l'interrompit Vasili d'un ton tranchant. Laissez-nous maintenant.

Quand le conseiller fut sorti, elle se tourna vers Vasili. Les reproches d'Andreas résonnaient encore à ses oreilles. Et si elle avait mis son époux dans l'embarras ? Elle ne pouvait pas se le permettre, car elle avait besoin de son soutien pour mener à bien ses projets. Sans compter qu'elle ne voulait pas le faire souffrir pour la bonne et simple raison qu'elle se souciait chaque jour davantage de lui.

— Vasili, je suis tellement…

Avant qu'elle ait pu achever sa phrase, il prit son visage entre ses mains et il étouffa ses excuses d'un baiser passionné.

Oubliant ce qu'elle voulait dire, elle lui répondit avec la même fougue et elle s'abandonna avec délice aux sensations qu'il savait si bien éveiller en elle. Les battements de son cœur s'accélérèrent quand il la saisit par les hanches et qu'il l'assit sur le grand bureau. Un frisson langoureux remonta le long de son dos lorsqu'il écarta ses cuisses pour venir se plaquer contre elle et qu'il approfondit son baiser. Elle se grisait du parfum de sa peau tiède, quand elle se souvint brusquement que ce baiser avait interrompu les excuses qu'elle voulait lui faire.

— Vasili, je dois te..., commença-t-elle après l'avoir doucement repoussé.

— Ne t'avise surtout pas de t'excuser, gronda-t-il d'une voix rauque.

— Mais Andreas...

— Je me fiche de ce qu'a dit Andreas. Pour ma part, je n'ai vu aujourd'hui qu'une femme qui se soucie de son prochain. Et j'ai eu envie de t'embrasser toute la journée.

— Alors, fais-le.

Trop heureux d'obtempérer, il reprit son baiser.

Peu lui importaient les critiques de ses conseillers, il était convaincu que la femme admirable qu'il tenait dans ses bras était la reine dont ce royaume avait besoin. Surtout après l'avoir vue à l'œuvre à l'orphelinat.

Le désir toujours aussi ardent qu'il éprouvait pour elle n'en représentait pas moins une complication imprévue. Comme en cet instant, où il ne pouvait pas se retenir de mordiller son cou délicat, alors que tout le monde verrait les traces de ses baisers fiévreux. C'était plus fort que lui, il éprouvait un besoin primitif de marquer sa chair féminine de son empreinte. Il aurait d'ailleurs poussé son exploration plus loin si un sursaut de lucidité ne l'avait pas rappelé à la raison. Il n'allait tout de même pas la faire jouir sur le bureau !

À contrecœur, il la souleva dans ses bras avant de l'emporter vers le canapé, où il s'assit, Helia sur ses genoux. Alanguie, elle laissa retomber la tête contre son épaule. Maîtrisant sa libido, il engagea la conversation sur un sujet moins périlleux et qui lui tenait tout autant à cœur.

— Je dois te remercier de m'avoir montré à quel point nous avons échoué, Helia.

Elle caressa doucement sa joue avant de répondre. Hypnotisé par le regard turquoise braqué sur lui et la sensation du contact de ses doigts fins, il renonça à repousser sa main.

— Tu n'as pas échoué, dit-elle. Pas encore, du moins. Tu viens à peine d'accéder au pouvoir.

— Ne me cherche pas des excuses. J'aurais pu agir plus tôt. Ma rébellion a été tellement égoïste...

Obnubilé par sa propre souffrance, il avait été aveugle à celle des autres.

— Je ne te cherche pas d'excuse. Je veux seulement te dire qu'aujourd'hui tu as vu des choses qui n'allaient pas et, au lieu de te décharger sur tes prédécesseurs, tu as écouté ces gens, et tu leur as proposé ton aide.

À ce stade de la discussion, il se souvint brusquement d'une question qui avait trotté dans un coin de sa tête tout au long de la journée.

— Pourquoi l'orphelinat est-il si important pour toi ? demanda-t-il. Ce n'est pas par hasard que tu l'as choisi pour notre première sortie officielle, n'est-ce pas ? J'ai presque l'impression qu'il fait partie des raisons qui t'ont poussée à accepter de m'épouser.

Il eut la confirmation qu'il venait de toucher un point sensible quand Helia retira sa main de son visage et qu'elle détourna le regard. Il eut cependant le temps d'apercevoir la douleur qui avait assombri ses magnifiques yeux bleus. Quand elle parla, sa voix était presque inaudible.

— J'ai grandi là-bas.

Voilà pourquoi elle y avait été accueillie si chaleureusement. Elle était l'une des leurs.

— J'étais à peine adolescente lorsque mon père est mort, et ma mère étant décédée depuis longtemps, c'est mon oncle Giannis qui est devenu mon tuteur. Il était l'associé de mon père. Tandis que celui-ci s'occupait de l'aspect créatif, Giannis gérait le côté financier. Ils étaient complémentaires et leur partenariat fonctionnait bien. Dans son testament, mon père avait légué sa part de l'entreprise à Giannis. Celle-ci pouvait continuer à prospérer sans lui, car il avait formé des fleuristes capables de prendre sa relève. À moi, il a laissé un capital important qui devait subvenir à mes besoins et plus tard me permettre de faire des études.

Cette évocation éveillait visiblement des souvenirs douloureux, car une unique larme coula le long de la joue de la jeune femme. Il l'essuya avec le pouce avant de la serrer plus fort contre lui.

— Je suis allée vivre chez Giannis. Il avait toujours été gentil avec moi du vivant de mon père, mais après il a changé. Il me répétait que je représentais un fardeau pour lui. Je faisais pourtant mon possible pour lui être utile dans la maison, mais rien n'était jamais assez bien et il me critiquait sans cesse. J'étais présente à la lecture du testament, je savais donc que j'allais recevoir un héritage. Ce que je ne savais pas, en revanche, c'est que Giannis avait ouvert un compte en banque à mon nom, auquel il avait accès puisque j'étais mineure. Mon héritage a été versé sur ce compte et, une fois la succession réglée, il a transféré chaque centime sur son propre compte. Selon lui, c'était l'argent que mon père lui devait. Puis il a mis toutes mes affaires dans une valise et il m'a déposée à l'orphelinat.

Dès qu'elle avait pris la parole, il avait pressenti que son histoire le bouleverserait. Mais sa consternation se mua bientôt en révolte. Il voulait retrouver Giannis Demetriou et lui faire payer sa trahison. Le punir d'avoir profité de la faiblesse d'une enfant et d'avoir fait douter Helia de sa propre valeur. Mais pour l'instant, il pouvait seulement essayer de réconforter la jeune femme en la serrant plus fort contre lui.

— Maria était déjà la directrice à l'époque. Malgré sa gentillesse et ses efforts, je me suis refermée sur moi-même. Je suis devenue complètement asociale.

Il comprenant que, après ce qu'elle avait vécu, ce repli sur soi avait été un moyen de se préserver d'une nouvelle déception.

Il réalisa alors qu'elle lui faisait suffisamment confiance pour lui raconter son histoire et, pour la première fois de sa vie, un puissant instinct de protection – qu'il ignorait posséder – s'éveilla en lui. Il se fit le serment qu'il ne laisserait personne lui faire du mal.

— L'école dont je dépendais quand j'étais à l'orphelinat avait une petite bibliothèque, et la bibliothécaire m'autorisait à l'aider. C'est là que ma vocation est née. J'ai réussi à réaliser mon rêve, mais ce n'est pas donné à tout le monde, surtout quand vous grandissez dans un orphelinat. Aussi, je me suis juré qu'un jour je trouverais le moyen de venir en aide aux orphelins. Je fais du bénévolat, mais j'ai toujours voulu leur apporter davantage.

Vasili maîtrisait de plus en plus difficilement la colère qui grondait en lui. Une simple orpheline en faisait plus pour son peuple que n'en avaient fait des générations de monarques qui avaient laissé s'installer cette situation indigne ! Mais il jugea inutile de laisser exploser sa rage contre un passé qu'il ne pouvait pas changer.

Après avoir déposé un baiser sur la tempe d'Helia, il déclara :

— Je suis le roi de Thalonia et tu es ma reine. Nous allons remédier à tout ce qui ne va pas dans ce royaume pour que personne n'ait plus à endurer ce que tu as enduré. Aucun citoyen ne sera oublié tant que nous régnerons.

Elle leva des yeux brillants d'émotion vers lui et s'avança pour l'embrasser. Quand il s'écarta imperceptiblement pour reprendre son souffle, il lui avoua à son tour :

— Moi aussi, je me suis évadé grâce aux livres.

Helia rit contre ses lèvres. Après ses larmes qui l'avaient bouleversé, son rire cristallin l'électrisa. Voulant approfondir son baiser, il la jucha à califourchon sur ses genoux. Bientôt son excitation fut à son comble et il pressa les hanches de sa compagne contre son sexe durci. Il glissa des mains fébriles sous sa robe, remonta le long de ses cuisses fuselées. Quand il sentit sous ses paumes la douce tiédeur de son corps féminin, il n'eut plus qu'une envie. Lui faire l'amour. Ici. Maintenant. Ce fut la puissance de son désir qui le dégrisa brutalement.

Il s'arracha à leur baiser et, haletant, il appuya son front contre celui d'Helia, qui respirait tout aussi difficilement que lui.

— Je suis désolé, s'excusa-t-il.

De quoi ?

Elle le dévisagea, visiblement étonnée. La passion avait rosi ses pommettes, et il l'imagina brièvement, se pâmant sous l'effet d'un orgasme dévastateur. Il chassa bien vite cette vision troublante.

— Ce n'est pas ce dont tu as besoin en ce moment. Pas après ce que tu m'as dit.

C'était une piètre excuse, mais il ne pouvait tout de même pas lui affirmer qu'il n'avait pas envie de lui faire l'amour, puisque c'était faux. En cet instant, il ne se souvenait même plus pourquoi il avait imposé cette restriction à leur mariage, mais il était résolu à s'y tenir.

— Je ne vais pas coucher avec toi, mais je vais prendre soin de toi. Si tu me le permets…

Elle l'étudia un long moment. Peut-être qu'elle comprit le

dilemme qui le tiraillait, car elle finit par acquiescer, puis elle s'écarta de lui.

Il se leva et, tout en réajustant le désordre éloquent de ses vêtements, il songea que, si leur union excluait la possibilité du sexe, il leur était impossible d'ignorer l'alchimie qui existait entre eux. Mais ce n'était pas nouveau.

Ce qui était nouveau, en revanche, c'était la certitude que cette incroyable attirance ne se limitait pas au pur désir physique. Comment expliquer autrement qu'elle l'obsédait à ce point ?

12

Cette nuit-là, bouleversé par les révélations d'Helia, Vasili n'avait pas pu dormir. Lui aussi avait connu la solitude mais, même si ses parents l'avaient négligé, son frère s'était soucié de lui. Contrairement à Helia, il n'avait pas été complètement abandonné, ni trahi dans des circonstances où l'on était particulièrement vulnérable.

Il comprenait à présent pourquoi elle avait accepté de l'épouser. Elle voulait profiter de sa position de reine pour faire bouger les choses. Et maintenant qu'il avait pris conscience de la situation, il était déterminé à l'aider.

Il avait mis à profit son insomnie pour travailler sur un projet auquel il comptait pleinement associer Helia. Le matin venu, il demanda qu'on la prévienne qu'il l'attendait dans son bureau dès qu'elle serait prête.

Très matinal, Andreas était déjà venu lui soumettre un projet de loi, que Vasili venait de finir de parcourir. Le document allait à l'encontre de toutes ses convictions. C'est à cause de lois comme celle-ci que l'orphelinat était dans un état lamentable. Son père aurait donné son accord, mais Vasili n'avait pas la même conception du bien-être de son peuple.

— Je ne vois rien là-dedans qui améliorera la situation de Thalonia, déclara-t-il en refermant le dossier d'un geste sec.

— Bien sûr que si, Votre Majesté ! protesta le secrétaire privé. Cette loi profitera à tout le monde.

— Vous voulez dire à tous ceux que vous considérez comme importants, corrigea Vasili.

— Par ruissellement, cela finira par avoir des répercussions positives sur toute la population.

— Nous savons tous les deux que ce n'est pas aussi simple.

La tension était à son comble quand Helia entra après s'être annoncée par un coup frappé à la porte. Elle s'en aperçut immédiatement.

— Que se passe-t-il ici ? demanda-t-elle.

Son ton plein d'assurance prouvait qu'elle commençait à se faire à l'idée qu'elle était la reine, même si elle connaîtrait probablement encore des moments de doute.

— Il n'y a pas de quoi s'inquiéter, Votre Majesté, répondit Andreas.

Durant le règne de son père, la reine avait rarement eu voix au chapitre en ce qui concernait les décisions importantes touchant au gouvernement du royaume. Là encore, Vasili comptait bien se démarquer, car il avait l'intention de se faire seconder par Helia. Il la considérait comme sa partenaire.

Sans quitter Andreas des yeux, il fit glisser le dossier vers Helia, qui était venue se placer à côté de lui.

— Il s'agit d'une proposition de loi fiscale que je ne signerai pas.

Tandis qu'elle parcourait le dossier, Helia bénissait sa formation de bibliothécaire qui l'avait dotée d'une vaste culture générale, ce qui lui permettait à présent de comprendre ce qu'elle lisait. Et qui la mettait hors d'elle. Le projet de loi incarnait tous les obstacles qu'elle aurait à affronter pour que les personnes qui avaient le plus besoin d'aide la reçoivent. Elle était soulagée que Vasili s'y oppose.

Restait à convaincre Andreas. Forte du soutien de son mari, elle se sentait plus légitime pour imposer ses idées.

— Je ne suis pas une experte, mais je pense que cette mesure ne profitera qu'aux personnes déjà très favorisées. Je suis d'accord avec Vasili, nous ne pouvons pas l'adopter. En tant que reine, je m'y oppose, dit-elle d'un ton égal en reposant le dossier sur le bureau.

Comme elle s'y attendait, Andreas se rebiffa.

— Je suis au regret de devoir vous informer que seul le roi a son mot à dire dans la politique de notre pays. C'est ainsi que procédait le roi Athanasios, et tous ses prédécesseurs.

— Mais ce n'est pas ainsi que je compte gouverner, intervint Vasili. J'écouterai les conseils de la reine Helia, parce qu'elle est la seule parmi nous à savoir d'expérience comment les politiques que nous décidons en haut lieu affectent les citoyens ordinaires de Thalonia. Et puisque nous y sommes tous les deux opposés, je vous suggère de retravailler ce texte avant que nous le soumettions au Parlement.

Comme à chaque fois qu'il remettait le conseiller à sa place, Vasili n'éleva pas la voix, et Helia admira l'autorité naturelle qu'il dégageait. Il était peut-être devenu roi contre son gré, mais pour elle, il possédait les qualités requises pour faire un bon monarque.

Dès qu'Andreas fut sorti, elle remercia chaleureusement son mari.

— Il n'y a pas de quoi. Je trouve normal que nous prenions les décisions ensemble.

C'était peut-être normal pour lui, mais elle n'avait pas prévu l'effet que la considération de son mari produirait sur elle. Elle avait de plus en plus de mal à ne pas laisser libre cours aux sentiments profonds qu'elle éprouvait pour lui.

Il avait pourtant insisté sur ce point : jamais ils ne tomberaient amoureux l'un de l'autre. Or elle était sur le point de rompre sa promesse. Sans le moindre espoir que ses sentiments soient partagés un jour.

— Mais ce n'est pas pour cela que je t'ai demandé de venir, reprit-il.

Il l'invita à s'asseoir devant son ordinateur portable.

— Voici ce dont je voulais discuter avec toi.

Une rapide lecture en diagonale du document qu'il avait ouvert la laissa abasourdie.

— Quand l'as-tu rédigé ?

— Je n'arrivais pas à dormir, avoua-t-il. Qu'en penses-tu ?

— Tu veux que les orphelinats relèvent du domaine réservé du palais...

— Oui. Ainsi, nous pourrons obtenir des financements sans avoir à demander l'accord du Conseil des ministres. Mais ce n'est pas tout. J'ai l'intention de créer une fondation pour subventionner les études des orphelins qui souhaitent aller à l'université.

Ce serait merveilleux ! Même si tout le monde n'aspirait pas à faire des études, tous seraient fiers de savoir que le palais se souciait d'eux. Cette reconnaissance leur donnerait l'assurance nécessaire pour un meilleur départ dans la vie.

— Et ce décret qui augmente les dépenses nationales pour l'éducation ? demanda-t-elle.

— C'est un grand projet, Helia, et bien sûr, je compte sur ton aide. Après tout, c'est ta mission.

Il comptait sur son aide. En l'associant étroitement à ses plans, il n'imaginait sans doute pas à quel point cette attention la touchait.

— Merci, Vasili.

— Ne me remercie pas. Ces mesures auraient dû être mises en place depuis longtemps. Toi et moi... nous allons réformer ce royaume, Helia. Je ne ferai aucune concession pour des gens qui ont regardé Thalonia souffrir sans lever le petit doigt. Il est temps que ce royaume s'impose de nouvelles traditions.

Subjuguée, elle buvait ses paroles. Il avait suffi d'une visite à l'orphelinat pour qu'il prenne la mesure de la situation et qu'il mette en place des solutions. Il était foncièrement bon et attentionné. Comment pourrait-elle ne pas l'aimer ? Car en cet instant elle se rendit à l'évidence : elle était tombée éperdument amoureuse de lui.

Ses sentiments avaient grandi progressivement dès leur première rencontre. C'est pour cela qu'elle lui avait fait confiance. Qu'elle avait évoqué son passé avec lui. Parce qu'elle l'aimait.

Sans réfléchir au-delà des sentiments qu'elle osait enfin s'avouer, elle se leva et, nouant les bras autour des épaules de son mari, elle l'embrassa. Comme s'il n'avait attendu que cette invitation, il l'enlaça et répondit à son baiser avec une passion qui fit vibrer chaque fibre de son être. Dans ses bras, elle se sentait merveilleusement vivante.

Vasili la souleva alors par la taille pour l'asseoir sur le bureau. Son sang bouillonnait dans ses veines comme de la lave en fusion tandis qu'il approfondissait son baiser.

En proie à un délicieux vertige sensuel, elle enroula instinctivement les jambes autour de la taille de son compagnon et glissa des mains avides sous sa chemise. Elle sentit ses muscles jouer sous ses doigts.

— Helia...

L'entendre gémir son nom entre deux baisers la galvanisa. De toute évidence, il était aussi excité qu'elle. Qu'attendait-il pour se laisser aller ? Aux tremblements qui faisaient frémir son grand corps viril, elle devinait qu'il se retenait à grand-peine. Avait-il besoin d'encouragements ?

— Vasili..., murmura-t-elle d'un ton suppliant.

Quand le souffle tiède d'Helia effleura son oreille, il la plaqua davantage contre lui. Le gémissement mélodieux qu'elle laissa échapper lorsque son sexe durci vint se nicher contre le renflement de son ventre décupla son désir.

Il se rendit compte que, avec Helia, le contrôle de la situation lui échappait complètement. Et il était las. Tellement las de désirer sans pouvoir étancher cette soif sensuelle. Il n'oubliait pas la raison qui l'avait poussé à s'interdire de faire l'amour avec elle, mais le feu qui le consumait balayait toute volonté. Il n'avait envie que d'une chose : être au plus profond d'elle.

— Ne te retiens pas, l'encouragea-t-elle.

Comment résister quand elle semblait aussi impatiente que lui de s'abandonner à la vague qui les submergeait ?

— C'est vraiment ce que tu veux ?

— Oui.

Une partie de lui-même – sa raison, sans doute – avait espéré qu'elle répondrait non, mais il devait reconnaître que ce petit mot dénoua toutes les entraves. Il ne lui restait plus qu'à espérer que cette décision ne le conduise pas à sa perte.

Quand elle l'attira de nouveau vers elle, cependant, il se redressa. Avec Helia, il ne voulait pas d'une étreinte torride sur sa table de travail. Il secoua la tête en signe de dénégation, avant de déposer un baiser léger sur ses lèvres, puis il la prit par la main et l'entraîna hors du bureau. Elle le suivit sans protester, pas plus qu'elle ne fit de remarque lorsqu'ils passèrent devant leurs appartements sans s'arrêter.

Pour une raison inexplicable, il tenait à l'emmener dans ce qu'il considérait comme son sanctuaire.

Dès que la porte fut refermée derrière eux, sans laisser le temps à la jeune femme d'étudier cet endroit qu'elle ne connaissait pas, il l'enlaça et reprit possession de ses lèvres.

— S'il te plaît, Vasili, j'ai besoin de toi, chuchota-t-elle dans un soupir.

Lui aussi avait besoin d'elle. Avec un sentiment d'urgence qui défiait toute logique, il la souleva dans ses bras. En quelques enjambées, il traversa la pièce et la déposa délicatement sur le lit. Alors qu'il la contemplait, allongée sur ses draps sombres, le dévisageant les yeux mi-clos, un sentiment de possessivité sauvage l'envahit. Cette déesse alanguie lui appartenait. Mais le souvenir de la timidité qu'il avait décelée chez elle la première fois qu'il l'avait tenue dans ses bras le retint. Il devait savoir à quel point elle était inexpérimentée.

— C'est la première fois pour toi, Helia ? demanda-t-il en s'allongeant à côté d'elle.

Elle rougit légèrement.

— Non, mais…

— Mais ?

— Cela n'a pas d'importance.

Elle détourna la tête, mais il prit son menton entre les doigts et la força à soutenir son regard.

— Si, c'est important. Nous nous sommes promis d'être toujours honnêtes, tu te souviens ?

Elle poussa un soupir résigné.

— J'ai couché une fois avec un homme, mais ce fut un fiasco. Je n'ai pas voulu renouveler l'expérience.

Il en voulut terriblement à cet amant maladroit. Mais le passé était le passé, et il se faisait fort de l'initier au plaisir.

Il passa une main le long de son corps.

— Laisse-moi te montrer comment un roi te vénère.

— Un roi ne vénère pas une reine !

Elle leva la main et caressa ses cheveux. Il attrapa son poignet et déposa un baiser dans sa paume.

— Mais un roi vénère une déesse. Cela fait des semaines que je te désire, Helia. Que je rêve de cet instant. De ce que tu ressentiras quand je plongerai en toi…

— Que faisais-tu dans tes rêves ?

— J'ôtais ces maudits vêtements qui cachaient ton corps. Très lentement. Jusqu'à ce que tu finisses par les arracher toi-même.

Il recula un peu puis, prenant la languette de la fermeture Éclair du pantalon de sa compagne entre les dents, il la fit glisser, sans la quitter des yeux. Elle respirait de plus en plus difficilement tandis qu'il embrassait le triangle de dentelle entre les pans de tissu, avant d'ôter d'un même geste pantalon et culotte.

Quand il défit les boutons de son chemisier, parsemant de baisers fiévreux son ventre, puis sa gorge et son cou au fur et à mesure qu'il les dévoilait, il la sentit frissonner sous sa bouche.

— Exactement comme dans mes rêves, murmura-t-il.

Ensuite, il la débarrassa du reste de ses vêtements en prenant tout son temps, savourant l'expression hagarde de passion qui assombrissait ses pupilles.

— Et puis je t'embrassais.

Il reprit possession de sa bouche avec avidité. Muselant son propre désir, il se délectait de la sentir fondre sous lui. Il s'écarta, interrompant leur baiser. Il rit doucement quand elle tenta de le retenir et il la maintint plaquée sur le lit.

— Mais pas sur la bouche, ajouta-t-il.

— Où alors ? demanda-t-elle d'une voix haletante.

Il la gratifia d'un sourire carnassier, avant de s'agenouiller entre ses cuisses. Puis il se pencha et posa la bouche sur le cœur vibrant de sa féminité. Du bout de la langue, il taquina le bourgeon ultra-sensible en se grisant des gémissements que ses caresses lui arrachaient et qui culminèrent en un sanglot quand l'extase la foudroya et qu'elle cria son nom.

Il embrassa chaque parcelle de son corps encore frémissant, happant ses mamelons, mordillant sa peau douce comme la soie, prolongeant son plaisir jusqu'à ce qu'elle se laisse retomber, repue, contre l'oreiller.

Vasili se déshabilla à son tour et fouilla dans le tiroir de la table de chevet à la recherche d'un préservatif.

— Vasili, je prends la pilule, dit Helia quand elle le vit brandir un carré de papier argenté.

— C'est très bien, dit-il en passant les doigts dans ses boucles caramel.

Il était sincère mais, même s'il ne désirait rien tant que de se perdre dans l'intimité du corps d'Helia, il était déterminé à ne jamais avoir d'héritier et nul n'était à l'abri d'un accident. Il ouvrit donc le paquet et enfila la protection.

Puis il saisit Helia par les hanches. Elle écarta les cuisses pour l'accueillir et il pencha la tête pour se voir plonger en elle. Un ouragan de sensations d'une intensité inouïe déferla en lui quand il la pénétra.

Il avait l'impression d'être au paradis, et le nom de celle qui lui procurait ce sentiment incroyable s'échappa malgré lui de ses lèvres, comme une prière.

— Helia…

Il se mit à se mouvoir en elle, et ce qu'il ressentait dépassait tout ce qu'il avait imaginé. Tandis que les vagues du plaisir s'intensifiaient, il prit conscience qu'il se sentait enfin chez lui, à sa place.

Quand l'orgasme le submergea, il comprit qu'il n'y aurait pas de retour en arrière. Jamais il ne pourrait se passer de faire l'amour avec Helia. C'était exactement ce qu'il avait redouté.

13

Helia avait l'impression que l'attente qu'ils s'étaient imposée décuplait ses sensations. Flottant sur un nuage de sensualité, tout son corps vibrait au rythme du mouvement d'abord lancinant, puis de plus en plus frénétique, que son amant imprimait à ses hanches. S'abandonnant au plaisir qui l'envahissait, elle se délecta de sentir sous sa paume la perfection du torse sculptural de son compagnon. De l'expression extatique de son visage viril, où perçait une pointe de vulnérabilité qui la bouleversa. En temps normal, il n'aurait pas ainsi laissé transparaître ses émotions, mais, emporté par la passion, il était incapable de les dissimuler.

Elle avait cru qu'elle ne pourrait éprouver de sensation plus intense que celle qu'elle avait ressentie quand il l'avait fait jouir avec la bouche, mais ce qu'elle vivait à présent la projetait dans une tout autre dimension.

Le plaisir l'enveloppait tout entière. Leurs souffles erratiques et leurs gémissements se mêlaient. Leurs corps s'éloignaient et se rejoignaient en une danse lascive qui déclenchait des sensations de plus en plus intenses jusqu'à la catapulter vers les sommets de l'extase, où son amant la rejoignit presque aussitôt. Foudroyés par un orgasme dévastateur et simultané, ils restèrent un long moment enlacés, pantelants.

— Helia...

Son nom murmuré à son oreille la ramena doucement à la réalité et elle sut que tout avait changé entre eux. Elle le percevait dans la voix de Vasili. Mais cette sensation était confuse et elle ignorait ce qu'il en résulterait. Pour elle et pour cet amour qui faisait s'accélérer les battements de son cœur.

Émue par l'intensité de ce qu'elle ressentait, autant sur le plan physique qu'au plus profond de son cœur, elle déposa un baiser dans son cou. Elle l'aimait, mais elle ne pouvait pas le lui avouer, même si elle voyait aux traits détendus de son amant que toutes les barrières qu'il avait érigées autour de lui s'étaient effondrées. Elle ignorait combien de temps cela durerait, mais pour l'instant, il lui appartenait, tout comme elle lui appartenait.

Frustrée de ne pas pouvoir prononcer les mots qui lui brûlaient les lèvres, elle parcourut du regard la chambre où ils se trouvaient. La décoration était résolument moderne et les murs disparaissaient sous les étagères de livres et les œuvres d'art.

— Enfin un endroit dans ce palais où tu as l'air d'être à ta place, dit-elle.

— Vraiment ?

Elle commençait à bien le connaître et elle voyait qu'il essayait de cacher à quel point sa remarque lui faisait plaisir.

— Oui. Quoi que tu t'en défendes, tu as endossé avec succès ton rôle de roi. Mais ton bureau... Tu devrais te l'approprier. Comme tu l'as fait dans cette pièce.

— J'étais à peine sorti de l'adolescence quand j'ai fait réaménager cette chambre à mon goût, dit-il en resserrant son étreinte. Je voulais m'y sentir chez moi.

Elle distingua la douleur profonde qui se cachait derrière ces mots et son cœur se serra.

— Comment était-ce de grandir ici ? D'être un prince ?

— J'étais très seul. Aux yeux de mes parents, je n'étais que l'héritier de rechange, au cas où. J'ai été élevé par des nurses. Enfin... surtout par l'une d'entre elles.

— Parle-moi d'elle.

Le regard perdu dans le vague, Vasili esquissa un sourire teinté de tristesse.

— Sophia était... chaleureuse. Elle était aussi drôle et enjouée. Et elle ne s'occupait que de moi. Nous étions très proches. Jusqu'à ce que mes parents la renvoient, quand j'ai eu quinze ans. Elle n'a pas protesté, mais avant de s'en aller, elle m'a donné un dernier conseil. Celui de ne jamais me soumettre.

— Sais-tu ce qu'elle est devenue ?

— On m'a empêché d'entrer en contact avec elle, mais j'ai appris qu'elle était décédée il y a quelques années.

— Je suis désolée. Cela a dû être d'autant plus terrible que tu ne pouvais pas non plus t'appuyer sur Leander.

Vasili soupira.

— J'avais l'interdiction de faire perdre son temps à mon frère, car il devait se concentrer sur son futur rôle de roi. J'ai donc gardé mes distances autant que possible.

— Sauf la nuit...

Elle se souvenait de l'histoire qu'il lui avait racontée sur la plage. Son allusion éveilla sans doute des souvenirs heureux, car il rit doucement.

— Tu n'as jamais eu d'ennuis ?

— Non, dit Vasili, comme si l'idée était absurde.

— Parce que tu étais le prince ?

— Parce que personne ne se préoccupait de ce que je faisais.

— Mais tes parents...

— Le roi et la reine avaient des choses plus importantes à faire que s'occuper de leur deuxième fils. Que je commette des bêtises ou que je me comporte de façon exemplaire, cela ne changeait rien. Je ne méritais pas leur affection.

Helia n'avait jamais ressenti une telle colère envers des gens qu'elle était censée admirer. Andreas et toutes les personnes qu'elle côtoyait dans le palais portaient les parents de Vasili aux nues. Alors qu'ils n'avaient même pas été capables de prendre soin de leur propre enfant. Son cœur saignait pour le jeune garçon qu'il avait été, seul dans ce grand palais.

Cet enfant solitaire dont la vie, en fin de compte, ressemblait beaucoup à la sienne.

— Comment as-tu réagi ?

— Au début, je m'échappais dans les livres...

Elle avait repéré la pile d'ouvrages sur la table de nuit. Elle ne put s'empêcher d'y voir un autre point qu'ils avaient en commun. Le signe d'un lien plus profond entre eux.

— Et en grandissant, je me suis rebellé. J'ai refusé d'être un fils parfait, un prince parfait. Je ne voulais même plus être un prince. Je voulais vivre ma vie à fond. J'enchaînais les fêtes, les femmes... et soudain j'obtenais des réactions.

— Mais cela ne t'a pas rendu heureux.

— Effectivement. Et je regrette aujourd'hui mon choix de rébellion. Après avoir découvert l'envers du décor de Seidon, je me dis que j'aurais pu mieux dépenser toute cette énergie.

Il s'accusait d'égoïsme, mais elle savait qu'il se sous-estimait. Parce qu'il avait été privé d'amour, il se croyait incapable d'aimer. Helia, cependant, voyait en lui cette générosité qu'il ignorait posséder.

— Beaucoup de gens pensent que c'est moi qui aurais dû mourir dans cet avion, à la place de Leander. Et je ne suis pas loin de partager leur opinion.

— Tu ne peux pas croire ça ! s'exclama-t-elle, horrifiée.

Elle détesta son regard où elle décelait une pointe de mépris pour lui-même.

— Tu n'es pas égoïste, au contraire ! poursuivit-elle. Tu as déjà commencé à réfléchir aux moyens d'améliorer le sort de ton peuple. La population t'aime et tu mérites son affection. Tu m'entends ?

Visiblement surpris par sa véhémence, il rit doucement, puis il se pencha pour l'embrasser.

— Oui, je t'ai entendue.

— Bien.

Elle repensa à tout ce qu'il lui avait révélé sur son enfance et sa jeunesse, et elle comprenait mieux à présent certaines de ses positions.

— C'est pour ça que tu ne voulais pas que nous couchions ensemble ? demanda-t-elle. Parce que tu ne veux pas d'héritiers…

— Je sais quelle vie les attendrait et je ne veux pas leur imposer cela.

— Je sais. Tu n'as pas pour habitude d'être cruel.

Elle ne put s'empêcher de noter qu'il n'avait répondu que partiellement à sa question. Elle en déduisit que la crainte d'avoir des enfants n'était pas ce qui l'avait motivé quand il avait banni toute relation sexuelle entre eux. Peut-être – à cause de son histoire familiale – était-il tout simplement incapable d'accorder sa confiance, même à ceux qui lui promettaient de le soutenir ?

Comme elle-même… Jusqu'à ce qu'elle rencontre Vasili.

Ce constat la désolait car, quoi qu'il en pense, Vasili était comme le commun des mortels. Il avait besoin d'amour. Et après avoir partagé ces instants magiques avec lui, elle se sentait assez forte pour l'aimer, même si lui ne pourrait jamais l'aimer.

Elle était consciente qu'elle mettait son cœur en jeu, mais celui-ci appartenait déjà à Vasili. La puissance des sentiments qu'elle éprouvait pour lui l'effrayait par instants, mais elle n'y pouvait rien. Pourtant, elle devait veiller à ne jamais laisser son mari les deviner, sinon, il pourrait décider de l'abandonner.

14

Perdue dans ses pensées, Helia s'appuyait sur le bras de Vasili alors qu'ils s'avançaient dans le couloir dallé de marbre menant au salon de réception du palais. Les semaines qui avaient suivi cette première fois où ils avaient fait l'amour étaient à la fois les meilleures et les pires de son existence.

Quel sentiment merveilleux de partager cette incroyable intimité avec cet homme sublime ! Grâce à son soutien indéfectible, elle prenait de l'assurance et se sentait chaque jour plus légitime dans son rôle de reine, d'autant que les relations avec Andreas s'étaient apaisées depuis leur affrontement au sujet de la réforme fiscale. Le secrétaire privé avait-il fini par accepter que les nouveaux monarques fussent différents de leurs prédécesseurs ? Ou était-ce parce que maintenant elle se faisait violence et s'adressait toujours à lui d'un ton sans réplique ? Mais au moins, ses projets avançaient.

De plus, Vasili et elle s'acquittaient scrupuleusement de leurs obligations officielles, ensemble ou séparément, et elle lisait régulièrement des articles élogieux dans la presse sur le nouveau couple royal. Les gens appréciaient que la reine soit issue du peuple et de ce fait au courant de ses préoccupations.

Mais au lieu de la satisfaction qu'elle aurait dû éprouver, chaque jour lui paraissait plus pesant.

Chaque jour, cet amour à sens unique renforçait son sentiment de solitude, et elle se demandait si, à long terme, leur fantastique entente sur le plan physique suffirait à son épanouissement. Car elle n'aurait jamais d'enfants à qui elle pourrait prodiguer tout cet amour qu'elle portait en elle.

En s'immobilisant devant d'immenses doubles portes, Vasili mit un terme à ses réflexions teintées d'amertume.

— Tu as l'air distraite, fit-il remarquer.

Vasili mit la distraction d'Helia sur le compte de la nervosité. Ils s'apprêtaient à assister au bal du couronnement et cette perspective pouvait en effet être intimidante.

À vrai dire, il n'était guère plus enthousiaste qu'elle, considérant comme une plaie d'être contraint de frayer avec des chefs d'État et des hommes politiques avec qui chaque mot devait être soupesé. Et puis il faudrait sourire et serrer des mains sans fin.

Pour se donner du courage autant que pour en communiquer à sa délicieuse épouse, il se pencha vers elle et il l'embrassa passionnément. Comme chaque fois qu'il dévorait ses lèvres, son sang se mit à bouillonner dans ses veines.

— La patience n'est pas mon point fort, dit-il pour se justifier.

Surtout quand elle était si sublimement féminine. Sa robe de mousseline bleu pâle coulait comme une douce cascade jusqu'au sol. Ses cheveux rassemblés en chignon supportaient sa couronne, ouvrage délicat de diamants et de saphirs porté avant elle par toutes les reines à l'occasion du bal du couronnement. Son alliance scintillait à son annulaire.

— Je l'avais remarqué ! dit-elle en éclatant de rire.

À cet instant, les portes de l'immense salle de réception s'ouvrirent, tirées par deux valets, et ils firent leur entrée au son de la musique que jouait un quintette à cordes.

L'auguste assemblée, composée de têtes couronnées, de politiciens, d'entrepreneurs et de milliardaires, fit silence pendant qu'un aboyeur les annonçait. Puis il eut l'impression que tout le monde se ruait sur eux. Présentations et poignées de main s'enchaînèrent.

Ce fut avec un vif soulagement qu'il accueillit l'annonce que le bal était ouvert. Non seulement il échappait ainsi aux conversations superficielles, mais c'était l'occasion de tenir sa femme dans ses bras.

— J'avoue que je ne suis pas encore habituée à être le centre de l'attention générale, avoua Helia en posant une main sur son épaule.

Glissant sa paume dans le creux du dos de sa cavalière, il l'attira contre lui, puis il l'entraîna au rythme de la musique.

— Pour ma part, je ne suis pas surpris qu'on nous regarde. Après tout, je tiens la plus belle des femmes dans mes bras.

Il sourit en la voyant rougir. Au cours des semaines écoulées, il avait découvert en Helia une femme au caractère bien trempé. Ce qui ne l'empêchait pas de rougir facilement, surtout quand il lui faisait un compliment. Mais sa timidité se muait rapidement en audace et elle était une partenaire enthousiaste au lit. Il considérait comme un privilège de voir toutes les facettes de la personnalité d'Helia, mais il n'était pas sûr de le mériter.

— Je meurs d'envie de t'entraîner dans mon lit.

— Eh bien, il va falloir être patient, Votre Majesté, susurra-t-elle à son oreille.

Quand elle s'écarta, son regard brûlant de promesses sensuelles enflamma son désir. Mais la musique s'interrompit et, après lui avoir adressé un petit sourire narquois, elle retourna se mêler aux invités.

Seigneur, même si elle possédait l'art de le mettre sur des charbons ardents, il aimait cette complicité qui régnait entre eux ! Par quel miracle réussissait-elle toujours à lui donner le sentiment d'être plus léger ? Non seulement elle l'avait aidé à accepter ses nouvelles responsabilités, mais également à les apprécier. Grâce à elle, il avait pris conscience qu'il détenait le pouvoir de changer les choses.

Assailli par des gens empressés de s'entretenir avec le roi, il la perdit de vue. Il dut s'avouer que sa présence lui manquait.

— La reine Helia se débrouille très bien ce soir, fit remarquer Andreas quand il vint se poster à côté de lui.

Vasili imaginait combien ce compliment avait dû lui coûter.

— Pourquoi « ce soir » ? répliqua-t-il. Elle est à la hauteur depuis le début.

Il savait qu'Andreas ne le reconnaîtrait jamais, mais il n'avait pas envie de se disputer avec lui ce soir. D'autant qu'à ce moment il aperçut enfin Helia, à l'autre extrémité de la salle. Elle bavardait avec la reine d'un royaume insulaire voisin. Comme si elle avait senti son regard peser sur elle, elle tourna légèrement la tête et lui sourit, sans interrompre sa conversation.

Son absence à ses côtés lui fut soudain insupportable, et il fendit la foule pour la rejoindre. Dès qu'il fut à côté d'elle, il passa un bras possessif autour de sa taille.

— Je suis désolé de vous interrompre, Votre Altesse, mais je dois vous enlever ma femme.

— Veuillez nous excuser, Arianna, dit Helia. J'ai été ravie de faire votre connaissance.

La reine Arianna sourit et, d'un geste de la main, balaya les excuses d'Helia.

— Moi aussi, j'ai été jeune et amoureuse… J'espère vous revoir bientôt.

Vasili entendit Helia promettre qu'elle reprendrait contact avec la souveraine, mais son esprit était ailleurs, car il n'avait retenu qu'un seul mot de cet échange. *Amoureux*.

Tétanisé, il essayait de se convaincre qu'il n'était pas amoureux. Il était incapable d'aimer, car comment pourrait-on ressentir un sentiment qu'on ne connaissait pas ? Certes, il y avait quelque chose entre Helia et lui, mais cela relevait de la passion, non de l'amour.

Dans l'espoir de conforter cette certitude, il emmena Helia sur le balcon. Dès qu'il se fut assuré qu'ils étaient seuls, il l'embrassa passionnément. Elle répondit à son baiser avec la même ardeur, lui prouvant qu'il avait raison.

Quand il interrompit leur baiser, cependant, il lut dans le regard de sa compagne que son attitude l'avait désarçonnée. Avant qu'elle puisse lui poser une question, toutefois, un groupe d'hommes s'était approché d'eux.

— Vasili ! le salua son ami Stavros. Ou devrais-je dire Votre Altesse ? Ça fait longtemps qu'on ne t'a pas vu, mais je suppose que tu as été très occupé, ajouta-t-il après avoir contemplé Helia avec insistance.

Le sourire entendu qui étira les lèvres de Stavros irrita Vasili au plus haut point. Le comportement de son ami envers la gent féminine ne l'avait jamais dérangé auparavant. Mais aujourd'hui, il s'agissait d'Helia et il n'avait qu'une envie : l'éloigner de ces vils séducteurs.

Mais Helia n'avait apparemment pas besoin de sa protection. Ignorant le sous-entendu de Stavros, elle déclara d'un ton affable :

— C'est un plaisir de rencontrer les vieux amis de Vasili.

Vasili ne pouvait pas en dire autant. Alors qu'il avait fait la fête avec ces hommes – tous issus de l'élite de Thalonia – pendant des années, il ne pouvait nier qu'il détestait les voir bavarder avec Helia. Instinctivement, il attira sa femme contre lui. Son geste n'échappa pas à Stavros.

— Je te sens tendu. Serais-tu devenu possessif ? dit celui-ci en éclatant de rire.

La colère qui monta en lui n'était pas dirigée contre Stavros, mais contre lui-même. À travers ces hommes, c'est lui-même qu'il voyait. Des hommes égoïstes, ne songeant qu'à leur plaisir et abonnés aux aventures sans lendemain avec des femmes tout aussi superficielles qu'eux. Ils n'étaient pas ses amis, car il n'avait pas d'amis. Aucun d'entre eux ne l'avait appelé quand Leander était mort, ni pour le féliciter pour son mariage ou pour son accession au trône.

Aucun ne lui avait manqué.

Tout comme lui, ils étaient indignes d'être aimés.

— Oui, je suis possessif, répliqua-t-il sèchement.

— Je n'imaginais pas voir ça un jour...

Helia perdit le fil de la conversation. Ce n'était cependant pas l'attitude égrillarde de Stavros qui l'avait perturbée. Elle savait quel genre de vie Vasili avait menée avant son mariage. Elle avait toujours cru, cependant, qu'elle-même était tout l'opposé des femmes qu'il avait fréquentées. Or elle venait de réaliser que peu de choses les différenciaient en réalité. Mis à part le fait qu'il l'avait épousée, il n'éprouvait pas plus de sentiments pour elle que pour ses innombrables conquêtes. Il lui procurait énormément de plaisir, il la soutenait dans ses projets, mais rien de plus.

Les paroles de la reine Arianna lui revinrent en mémoire.

« Moi aussi, j'ai été jeune et amoureuse. »

Malheureusement, la reine s'était trompée. Vasili ne l'aimait pas. Contrairement à elle, qui était tombée amoureuse de lui, enfreignant les règles qu'ils s'étaient fixées. Et maintenant elle voulait que Vasili l'aime aussi, alors que c'était impossible. Allait-elle passer sa vie à se languir pour un homme qui acceptait de partager son lit, mais pas son cœur avec elle ?

Non, elle attendait davantage de lui.

Face à l'avenir qui l'attendait, son titre de reine lui parut dérisoire et elle se sentit terriblement seule au monde. Elle ne pouvait plus prétendre que tout allait bien, comme elle l'avait fait tout au long de la soirée.

Elle sut alors ce qu'il lui restait à faire. Elle savait faire preuve de courage quand il s'agissait de soutenir Vasili, mais le temps était venu de penser à elle. Forte de cette résolution, elle se joignit de nouveau à la conversation.

— Tous les bons rois doivent être possessifs, non ? dit-elle d'un ton enjoué. Ils ont des royaumes à protéger.

— C'est vraiment la fin d'une époque, s'exclama Stavros. Je pourrais prétendre que tu vas nous manquer, mais pourquoi je me plaindrais ? Il y en aura plus pour nous.

— Tu as raison, dit Vasili. De toute façon, j'en avais assez de cette vie. Des choses plus importantes m'attendent.

— Il me semble que le dîner doit être servi. Profitez du banquet ! ajouta Helia. Si vous voulez bien nous excuser...

Puis, entraînant Vasili, qui tenait toujours sa main, elle retourna dans la salle de réception, où elle chercha Andreas.

— Nous allons nous retirer, lui annonça-t-elle. Nous vous laissons veiller au bon déroulement de la suite des festivités.

Il les étudia brièvement l'un après l'autre, puis il hocha la tête en signe d'acquiescement. Quelques instants plus tard, Helia remerciait leurs hôtes d'être venus et les invitait à rester aussi longtemps qu'ils le souhaitaient. Vasili ne prit pas ombrage qu'elle occupe le devant de la scène. Il se contentait de se tenir à côté d'elle, digne comme un roi qui ne s'embarrasse pas de l'opinion de qui que ce soit.

Ils n'échangèrent pas un mot jusqu'à ce que la porte de leur chambre soit refermée derrière eux.

— Vasili, il faut que nous parlions.

Il s'approcha d'elle et il retira avec précaution la couronne de sa tête. Après l'avoir déposée sur une table, il prit ses mains dans les siennes.

— Helia, je veux que tu saches que tu as été parfaite ce soir.

— Merci.

Il ne lui rendait pas la tâche facile ! Se sachant incapable de lui résister quand il la touchait, elle se dégagea de son étreinte et recula d'un pas.

— Je te suis reconnaissante de m'avoir permis de partager cette vie, Vasili, mais il est temps pour nous d'affronter la réalité.

— Qu'est-ce que tu veux dire ?

— Cette vie que nous avons consenti à mener... Ça ne va pas marcher. J'ai accepté de t'épouser pour deux raisons. La première était pour aider les laissés-pour-compte de Thalonia. Et la deuxième, Vasili, c'était toi. J'avais le béguin pour toi sans même te connaître, mais ce n'est rien à côté de ce que j'ai ressenti quand je t'ai vu parler avec les gens, jouer avec les enfants, à l'orphelinat, ni de ce que je ressens pour toi aujourd'hui. C'est pourquoi je me rends compte que cette relation ne me suffit pas.

L'expression de Vasili s'était progressivement fermée.

— Helia, tu savais ce qui t'attendait.

— C'est vrai. Mais je sais aussi que je mérite mieux qu'un mariage sans amour et qu'une vie de solitude.

Elle s'avança et posa la main sur la joue de Vasili. Elle sentit une unique larme s'échapper de sa paupière.

— Tu es un homme bon. Un grand roi. Et je sais que tu mèneras notre projet à son terme.

— Bien sûr. Mais Helia...

— Chut. Nous méritons tous les deux plus que cette vie au rabais, et j'espère qu'un jour tu trouveras la force de laisser quelqu'un franchir cette muraille dont tu te protèges.

Helia avait toujours eu conscience du risque qu'elle prenait en tombant amoureuse de Vasili, mais alors qu'elle savait qu'elle faisait le bon choix, elle avait l'impression qu'on lui arrachait le cœur.

— Mes conseillers avaient raison. Tu n'as pas l'étoffe d'une reine, parce qu'une vraie reine ne sera jamais aussi généreuse que toi. Et sache que je voulais vraiment que ça marche entre nous.

— Moi aussi. Au revoir, Vasili.

Il la dévisagea pendant un moment qui lui parut douloureusement interminable, puis, sans un mot, il quitta la chambre. Bouleversée au plus profond d'elle-même par la scène qui venait de se dérouler, elle resta immobile jusqu'à ce qu'elle entende la porte de l'appartement royal se refermer.

Elle devait partir.

Mais avant tout, elle devait prendre une douche, pour se débarrasser de l'odeur de Vasili qui l'imprégnait encore. Elle était consciente que se débarrasser des souvenirs, des rires et des confidences partagées serait plus difficile. Voire impossible.

Quand elle sortit de la douche, elle jeta pêle-mêle quelques vêtements dans un sac de voyage. Elle agissait avec des gestes d'automate, l'esprit embrumé par les émotions qui se bousculaient en elle. Enfin, elle appela son chauffeur pour lui demander de l'attendre dans le garage souterrain.

Quand elle fut installée à l'arrière du véhicule sombre aux vitres teintées, elle se retint de jeter un dernier regard en arrière. Qu'espérait-elle en contemplant le foyer où elle avait vécu avec Vasili ? Apercevoir une dernière fois son mari ?

Elle ne pouvait s'empêcher de penser qu'elle commettait une erreur. Elle était convaincue qu'ils étaient faits l'un pour l'autre. Mais elle savait aussi qu'elle devait le quitter, pour se donner une chance de vivre une vie heureuse.

Quand le palais disparut de sa vue, elle se mordit la lèvre pour étouffer un sanglot. Leur histoire était bel et bien finie. Elle ne reverrait plus son mari.

15

Quand il se réveilla le lendemain matin, Vasili chercha machinalement la présence familière dans le lit à côté de lui, mais sa main ne rencontra que le drap. Il se souvint alors qu'il avait décidé de dormir dans son ancienne chambre pour donner à Helia le temps de la réflexion, et il espérait qu'elle serait revenue sur sa décision.

Il ne comprenait pas sa réaction, mais il pressentait que le marché qu'il avait conclu avec elle risquait à présent de lui coûter sa reine.

Résolu à la faire changer d'avis, il rejeta les couvertures et se leva. Après l'animation qui y régnait la nuit précédente, le palais lui parut particulièrement silencieux. Ou cette ambiance sombre était-elle seulement le reflet de sa propre humeur ?

N'obtenant pas réponse après avoir frappé à la porte de l'appartement royal, il entra. Une angoisse sourde l'envahit quand il découvrit le salon vide. La sensation s'accentua quand il fit le tour des autres pièces et constata que sa femme n'était nulle part. La seule trace de son passage était sa robe de bal sur le lit qui n'avait pas été défait, et les bijoux déposés sur une table.

La vague inquiétude se mua en panique et il pianota fébrilement son numéro sur son téléphone. Mais il tomba directement sur le répondeur.

Un froid glacial s'insinua dans ses veines. Cette fois, il n'eut plus de doute. Helia était bel et bien partie.

Abasourdi, il se laissa tomber sur le lit. Il était conscient qu'il n'avait pas d'autre choix que de respecter la volonté de la jeune femme si celle-ci ne voulait pas lui parler, mais il ne pouvait nier que rester sans nouvelles l'inquiétait.

Et si elle avait un accident ?

Puis la pensée qu'elle était la reine calma un peu son inquiétude. Si quelque chose arrivait à Helia, il serait prévenu.

Il se rassura aussi en se persuadant que, quand elle serait prête, ils parleraient et ils trouveraient une solution. Mais cette fois-ci, c'est elle qui fixerait les termes de l'accord, car elle serait en position de force.

De toute évidence, elle était malheureuse à cause de lui. À cette pensée, une sensation de vide l'envahit. Un vide qui aspira toute sa joie de vivre, toutes ses chances de bonheur.

— Qu'est-ce que j'ai fait ? murmura-t-il, atterré.

Reposant le livre qu'elle n'arrivait pas à lire, Helia fixa rêveusement la lumière douce qui entrait par la fenêtre du salon de la petite maison perdue dans la montagne, au milieu des grands arbres. Une larme coula lentement le long de sa joue.

Depuis qu'elle était arrivée, elle n'avait pas arrêté de pleurer, comme si sa douleur était une source intarissable de larmes.

Son chagrin était à la mesure de l'amour qu'elle éprouvait pour Vasili, mais elle avait pris la bonne décision, pour elle comme pour lui. Maintenant qu'elle était partie, il trouverait peut-être la compagne adéquate. Celle qui accepterait ses règles, qui accepterait qu'il la tienne à distance et qui trouverait grâce aux yeux de ses conseillers.

La pensée qu'une autre femme partagerait la vie de son mari

déclencha un nouveau flot de larmes et l'étau douloureux se resserra autour de son cœur.

Elle baissa la tête et son regard tomba sur la bague qu'elle portait toujours à son doigt. Dans sa hâte de quitter le palais, elle avait oublié de la laisser dans la chambre avec les autres bijoux qu'elle arborait ce soir-là. Mais maintenant, elle ne pouvait toujours pas se résoudre à l'enlever, car elle représentait son dernier lien avec Vasili. Oh ! elle la rendrait un jour, mais pour l'instant il lui suffisait de la contempler pour que les souvenirs merveilleux de leur brève vie commune affluent.

Parviendrait-elle un jour à oublier Vasili ? C'était peu probable. Mais elle devait essayer, car elle ne comptait pas passer le reste de sa vie dans la solitude. Elle avait appris une chose auprès du roi : elle voulait connaître l'amour d'un homme, elle voulait des enfants. Tout ce que Vasili ne pouvait pas lui donner. Certes, il lui avait fait découvrir que la confiance et la complicité pouvaient exister entre un homme et une femme, mais il ne lui avait pas pour autant ouvert son cœur.

Durant la première semaine de sa retraite, elle oscilla entre la douleur et la colère. Ce n'est qu'au cours de la deuxième semaine qu'elle commença à s'apaiser et à former des projets pour l'avenir. Elle allait revenir à sa première passion, qui était son métier de bibliothécaire. Mais pour cela, elle devait quitter Thalonia, même si cette perspective lui brisait le cœur.

Durant les deux semaines qui suivirent le départ d'Helia, les journées de Vasili s'écoulèrent avec une monotonie désespérante. Sans sa reine, le palais lui paraissait plus froid et plus vide qu'avant. L'absence de la jeune femme semblait avoir le même effet démoralisant sur l'humeur de tout le personnel et des membres de son cabinet.

Inlassablement, il repensait aux paroles qu'elle avait prononcées avant de partir. Pour avoir lui-même terriblement souffert de la solitude, il comprenait pourquoi elle avait finalement refusé cette vie aride à laquelle leur arrangement la condamnait.

Mais au fil des jours il s'était rendu compte qu'il avait peut-être été l'artisan de sa propre solitude. Depuis longtemps, sa peur de souffrir l'avait poussé à ériger des barrières autour de lui. Mû par des réflexes bien ancrés, il avait maintenu son cœur fermé à double tour et, en réponse à l'affection de la jeune femme, il n'avait offert qu'une relation purement physique.

S'il voulait être honnête, il devait cependant reconnaître que leur relation avait rapidement dépassé le stade de la simple attirance physique. Dès le départ, il avait dû lutter contre les sentiments qu'elle lui inspirait. N'était-ce pas pour se protéger du risque de s'attacher à sa femme qu'il avait d'abord décidé de ne pas consommer leur mariage ?

Et pourquoi avait-il tellement redouté de s'attacher à elle ? Parce qu'il craignait de souffrir atrocement s'il venait à la perdre, comme quand il avait perdu Sophia ou Leander. Une fois encore, il s'était comporté en parfait égoïste.

C'est alors qu'il réalisa à quel point la peur avait dominé sa vie.

Il avait pourtant été heureux avec Helia. Détendu. Il s'était senti moins seul. Sans qu'il s'en rende compte sur le moment, la compassion de la jeune femme – même s'il l'avait rejetée – l'avait aidé à supporter le chagrin de la mort de son frère.

Il l'avait aussi désirée follement, mais les sentiments qu'il éprouvait pour elle étaient plus profonds que le simple désir. En Helia, il avait enfin trouvé quelqu'un qui le comprenait. Qui voyait Vasili. Pas le prince, ni le fils indigne d'être aimé.

— Votre Majesté... ?

Perdu dans ses pensées, il n'avait pas entendu Andreas entrer dans son bureau pour leur première réunion matinale. Au lieu de s'asseoir, le conseiller referma le classeur posé devant Vasili.

— Votre Majesté..., reprit-il. Allez la voir. Ramenez-la.

— Je ne peux pas faire ça, Andreas.

— Nous avons eu beaucoup de sujets de désaccord, monsieur. Mais je dois dire que, comparée à vos rébellions et à votre mépris des traditions, la faute que vous êtes en train de commettre est la pire. Je peux avoir ma propre opinion sur la reine, mais ni vous ni elle ne méritez cette situation. Quant au royaume, il ne mérite pas d'avoir à sa tête un roi malheureux.

— Si je ne vous connaissais pas, je dirais qu'elle vous manque, fit remarquer Vasili.

— Peut-être..., admit Andreas. Le bien de la Couronne a toujours été mon unique préoccupation. Et la reine Helia a prouvé que mes inquiétudes à son égard étaient infondées. Vous n'êtes pas le seul à avoir eu le temps de réfléchir.

Sur ces paroles surprenantes, le conseiller le salua avec déférence et quitta le bureau. Encore abasourdi par le revirement d'Andreas, Vasili ouvrit le tiroir de sa table de travail pour y ranger les dossiers qu'il n'avait pas le courage d'étudier. Le mouvement fit glisser une enveloppe d'une pile de documents qui s'y trouvaient.

La lettre de son père.

Il la prit machinalement. En l'état actuel, sa vie était un désastre, que pourrait-il lui arriver de pire ? Autant boire la coupe jusqu'à la lie. Surmontant une pointe d'appréhension, il ouvrit l'enveloppe, déplia la lettre et commença à lire.

Mon très cher Vasili,

J'aimerais tellement que tu n'aies jamais à lire cette lettre.

Bien sûr, car si tout s'était déroulé comme prévu, Leander aurait été dans ce fauteuil.

Ne va pas croire que c'est parce que je ne voulais pas que tu deviennes roi. C'est uniquement parce que j'aurais préféré que ton frère soit toujours auprès de toi. Que tu ne te retrouves pas tout seul.

J'avais déjà écrit ce qui va suivre dans ma lettre précédente, mais j'ai bien peur que tu ne l'aies pas lue, et je ne peux m'en prendre qu'à moi-même.

Je regrette beaucoup de choses dans ma vie, Vasili, mais de tous mes regrets, tu es le plus grand. J'ai fait passer la Couronne avant tout. Je pensais que, en vous cachant mon affection et en vous élevant dans la croyance que le devoir primait sur tout, je ferais de vous des leaders forts. Des rois.

Je ne veux pas que tu commettes les mêmes erreurs, Vasili. Je ne veux pas que tu finisses comme moi : un vieil homme sur son lit de mort qui y voit clair pour la première fois et qui est rempli de regrets.

Tu es fort, mon fils. Peut-être le plus fort d'entre nous. Tu ne t'es pas laissé abattre par l'adversité, et même si ta rébellion m'irritait, je t'admirais pour ta force de caractère. C'est pourquoi je sais que tu seras un roi fort. Un bon roi.

Le pouvoir est un exercice ingrat et solitaire, je te conseille donc de trouver une reine qui ne sera pas seulement celle dont Thalonia a besoin, mais avant tout celle dont, toi, tu auras besoin.

Je suis désolé de ne pas te l'avoir dit de mon vivant, mais je t'aime, Vasili. Quand tu es né, chaque nuit, je me tenais au-dessus de ton berceau et je m'émerveillais de l'amour immense que j'éprouvais pour un être aussi petit et aussi précieux.

Je sais que mes excuses viennent trop tard, mais je veux que tu saches que je t'aime, mon fils. Et je crois en toi.

Quand il eut achevé la lecture, ses regrets faisaient écho à ceux de son père. Dire qu'il aurait pu lire ces mots qu'il avait voulu entendre toute sa vie il y a un an déjà, s'il n'avait pas jeté la première lettre ! S'il ne s'était pas laissé aveugler par la colère, il aurait su qu'il avait été aimé.

Face à toute cette souffrance qui avait gangrené sa famille, sa colère retomba. Une lettre ne compensait pas vingt-neuf années de rejet, mais elle eut le mérite de lui faire voir son père sous un autre jour. Il découvrait un homme profondément malheureux, rongé par les mauvais choix qu'il avait faits.

Allait-il commettre les mêmes erreurs ? Il se trouvait à la croisée des chemins. Il pouvait se renfermer sur lui-même pour toujours – car il savait qu'aucune femme ne remplacerait Helia dans son cœur –, et devenir un autre roi sans âme. Ou il pouvait surmonter ses craintes, puiser dans le courage qu'il lui avait fallu pour se rebeller, et aller chercher la femme qu'il aimait. La femme qui l'aimait. Celle qui avait changé sa vie.

Et comme au début de cette aventure invraisemblable, il sut qu'il n'avait pas vraiment le choix. Le seul bon choix était Helia.

16

Arrivé au bout de la piste en terre battue, Vasili descendit du SUV noir et se dirigea vers la maisonnette nichée dans la clairière. C'est donc dans cet endroit perdu qu'Helia s'était réfugiée. Après qu'il l'avait poussée à fuir le palais.

Priant pour qu'elle accepte de l'écouter, il frappa à la porte.

Quand elle apparut dans l'entrebâillement, il ne put retenir un profond soupir de soulagement. Elle était là. Vêtue d'un jean, les cheveux en bataille, sans trace de maquillage, elle était de loin la plus belle femme qu'il ait jamais contemplée.

— Bonjour, Helia.

— Vasili… qu'est-ce que tu fais ici ? balbutia-t-elle, visiblement stupéfaite.

— Puis-je entrer ?

Même si c'était mérité, la longue hésitation qui suivit lui fit mal. Elle finit cependant par s'écarter pour l'inviter à entrer. Il découvrit avec étonnement un intérieur réduit au strict minimum. Une pièce à vivre avec un coin cuisine et une table tenant lieu de salle à manger. Cette austérité qui contrastait avec le luxe du palais royal semblait un rappel des milieux diamétralement opposés d'où ils venaient. Posé contre le mur, il remarqua un sac de voyage.

— Tu veux bien t'asseoir avec moi ? demanda-t-il en prenant place à la table sans attendre d'y être invité.

— Je ne vois pas ce que nous aurions encore à nous dire.

— Je pense au contraire qu'il y a beaucoup de choses à dire. En commençant par : Je suis désolé.

— Tu n'as pas besoin de t'excuser, dit-elle. Cela ne changera rien.

— Détrompe-toi. Tout a changé. Laisse-moi t'expliquer, Helia. Je t'en supplie.

Il perçut la pointe de désespoir dans sa propre voix. Était-ce cela qui la convainquit ? Toujours est-il qu'elle vint s'asseoir en face de lui. La table était si étroite qu'il aurait pu la toucher, mais il s'en garda bien.

— Tu t'en allais ? demanda-t-il en désignant le sac d'un mouvement de la tête.

— Je quitte Thalonia. Il n'y a rien pour moi ici. J'ai besoin d'un nouveau départ.

C'était la dernière chose qu'il voulait entendre. Thalonia avait besoin d'elle ! Il avait besoin d'elle ! Il ne la laisserait pas partir sans se battre.

— Comment m'as-tu trouvée ? J'ai fait jurer au chauffeur de garder mon adresse secrète.

— Je sais. C'est pourquoi j'ai rendu visite à Giannis Demetriou, dit-il en faisant glisser une enveloppe sur la table.

Puis il y déposa un iris violet.

— Qu'est-ce que c'est ? demanda-t-elle tandis que ses yeux s'emplissaient de larmes.

— Helia, c'est l'héritage que ton père t'avait laissé. Lorsque tu m'auras écouté, si tu souhaites toujours partir, cela t'aidera à refaire ta vie. Et moi aussi, je t'aiderai. Je ne vais pas t'abandonner.

— Je ne sais pas quoi dire…

N'y tenant plus, il posa une main sur celle d'Helia. Ce simple contact lui insuffla le courage nécessaire pour se mettre à nu devant elle.

— J'avais peur. Je vivais dans la crainte d'exposer mon cœur depuis très longtemps. Je me suis rendu compte dernièrement que c'est moi qui tenais Leander à distance, et non l'inverse. Obéissant aux ordres de mes parents, j'ai repoussé toutes ses tentatives pour se rapprocher de moi. Mais je n'aurais pas dû, je m'en aperçois aujourd'hui, car j'aimais mon frère. Et sa mort m'a poussé à me replier encore davantage sur moi-même.

Le flot d'émotions qui l'envahit au souvenir de la mort de Leander lui noua la gorge, l'empêchant de parler. Helia pressa sa main contre la sienne, et ce geste de soutien l'encouragea à poursuivre :

— Je pensais que mes parents ne m'aimaient pas et j'en souffrais. Heureusement, j'avais Sophia, mais quand elle est partie, je n'ai plus laissé personne m'approcher. Je n'ai aimé personne. Je n'avais pas de véritables amis. Et c'est pourquoi j'ai tout fait pour te garder à distance. Parce que tu représentais un danger pour moi depuis le début, Helia.

— Moi ?

— Ce jour-là, dans la bibliothèque, j'étais fou de chagrin et révolté contre l'injustice du destin. J'étais furieux aussi qu'on attende de moi que j'accepte ce trône pour lequel on m'avait toujours jugé indigne. Mais quand nos regards se sont croisés, comme par enchantement, j'ai ressenti un profond sentiment de paix. Puis quand je t'ai embrassée, j'ai été définitivement perdu. Jamais un baiser ne m'avait procuré des émotions aussi troublantes. J'ai immédiatement compris que, si un seul de tes baisers avait ce pouvoir, alors coucher avec toi causerait ma perte. Je ne pouvais pas laisser cela se produire. Alors, égoïstement, j'ai préféré me protéger, quitte à te faire souffrir. Et j'en suis désolé.

— Pourquoi as-tu fait cela ? demanda-t-elle d'une voix enrouée par l'émotion. Tu as su faire preuve de courage pour t'opposer à la tradition qui exigeait que tu épouses une aristocrate. Mais tu t'es montré lâche quand tu as compris que cette rébellion allait déboucher sur une véritable relation.

Elle avait raison. Mais sa couardise ne l'avait pas sauvé de ce qu'il redoutait, puisqu'il était quand même tombé amoureux d'elle.

— J'ai été lâche, c'est vrai. Et il a fallu que tu t'en ailles pour que je m'en rende compte. Ton départ a été un choc salutaire qui m'a permis d'enfin assumer mes sentiments. Ce matin-là, quand j'ai trouvé la chambre vide... J'ai été anéanti. J'avais essayé de t'empêcher de me détruire, et j'étais parvenu au résultat inverse.

— Pourquoi es-tu venu ? Que veux-tu ?

— Je veux que tu reviennes. Je te veux dans mon lit. Je te veux dans ma vie. Je veux changer ce royaume avec toi ! Je t'aime, Helia. Je t'aime tellement... que ça fait mal.

Vasili venait de prononcer les paroles qu'elle avait tant voulu entendre, mais elle ne pouvait pas se précipiter dans ses bras et s'y lover pour toujours. Car s'il lui avait avoué son amour, il n'avait pas abordé un sujet qui était devenu fondamental pour elle.

— Si tu savais combien j'ai attendu ces mots, Vasili. Il y avait quelque chose en toi, même quand je ne te connaissais pas, qui m'attirait, et quand j'ai appris à te connaître, je n'ai pas pu m'empêcher de tomber amoureuse de toi. Mais s'aimer ne suffit pas. Je pense que nous n'attendons pas la même chose de la vie. Je ne peux pas retourner vivre avec toi maintenant pour avoir le cœur brisé plus tard.

Après les deux semaines en enfer qu'elle venait de vivre, elle ne se sentait pas la force de recommencer l'expérience dans quelques années.

— Dis-moi ce que tu veux et c'est à toi. N'importe quoi, dit-il d'une voix où perçait une pointe de désespoir.

— Je veux une famille. Je veux des enfants et un mari qui n'a pas peur de me donner son cœur. Je ne veux plus être seule.

Sa voix se brisa sur ce dernier mot. Les yeux embués de

larmes d'émotion, elle entendit le raclement d'une chaise sur le carrelage, puis elle se retrouva plaquée contre le torse de Vasili. Il prit son visage en coupe entre ses mains.

— Mon cœur t'appartient, dit-il d'une voix vibrante d'intensité. Mon âme aussi. Et un jour, nous pourrions fonder une famille.

Helia tenta de s'éloigner, mais il la serra contre lui.

— Ne me donne pas de faux espoirs. Je sais ce que tu penses des enfants.

— Figure-toi que j'ai rêvé des enfants que nous pourrions avoir, dit-il, l'air légèrement penaud, comme si cette confidence l'embarrassait. Ils avaient les cheveux bouclés, leur sourire était semblable au tien. Je crois que, secrètement, cette vie me faisait envie, mais je pensais qu'elle n'était pas pour moi. D'autant que j'imaginais que nos enfants auraient inévitablement la même enfance que moi, ce que je ne voulais pas leur infliger. Puis j'ai lu une lettre que mon père avait confiée à Leander, pour qu'elle me soit remise en cas de décès de mon frère. Je sais maintenant qu'il m'aimait, même s'il avait choisi de ne pas le montrer, parce qu'il pensait qu'un bon roi ne devait pas éprouver ni montrer ses sentiments. Mais, comme je l'ai souvent dit, je ne suis pas mon père. J'ai fait des choix différents. Et cette vie dont j'ai rêvé, avec toi, je la veux aussi.

La sincérité qu'elle lut au fond des prunelles dorées de Vasili acheva d'abattre ses dernières velléités de résistance.

— Je suis triste que tu n'aies pas reçu l'amour dont tu avais besoin en grandissant, et que tu aies cru que tu étais indigne d'être aimé. Au point de ne parfois pas t'aimer toi-même. Mais je veux que tu saches que je t'aimerai toujours. Quoi qu'il arrive. Et je sais que ton peuple t'aime, Vasili.

— Helia…, murmura-t-il, visiblement ému par ses paroles.

— Tu sais ce que j'ai vu lors de notre mariage ? Le bonheur. J'ai vu des sourires sur tous les visages. Les gens étaient heureux pour toi. Heureux de t'avoir comme roi. Toi, le prince qui traitait tout le monde, quelle que soit sa place dans la société, avec gentillesse. Je l'ai remarqué dès que j'ai commencé à travailler au palais. Et je n'étais pas la seule à voir ce que tu ne voyais pas.

— J'aurais aimé te rencontrer plus tôt, dit-il en appuyant son front contre le sien.

— Alors persuade-moi que je ne commets pas une erreur en retournant vivre avec toi. Que tes peurs ne resurgiront pas brusquement et que tu ne me repousseras pas de nouveau.

Frémissante d'espoir, elle était suspendue à sa réponse, car si elle devait renoncer à lui, elle savait qu'elle n'aimerait aucun autre homme comme elle l'aimait. Aucun homme ne ferait battre son cœur comme lui, ni n'enflammerait son désir comme il savait le faire. Il était aussi le seul homme qui se soit battu pour elle, songea-t-elle quand son regard se posa sur l'enveloppe qu'il lui avait apportée.

— Je te veux, dit-il. Je te veux tous les jours. Je te veux quand tu es grincheuse le matin, et je te veux dans mes bras le soir. Je te veux pour le reste de notre vie et au-delà. Tu représentes tout pour moi, Helia. Je te promets que je ne te repousserai jamais et que tu ne connaîtras plus jamais la solitude. Pas plus que je ne la connaîtrai.

— Donne-moi ta bague, Vasili.

Sans hésiter, il lui tendit son alliance et prit la bague qu'elle lui tendit à son tour.

— Vasili, je te promets de t'aimer tous les jours, dit-elle d'un ton solennel. Je te promets d'être l'amie que tu mérites et la partenaire sur laquelle tu pourras toujours compter. Je te promets d'être toujours honnête avec toi, et je te promets que rien ne pourra jamais me séparer de toi.

Elle soutint le regard brillant de son mari tandis qu'elle glissait l'alliance à son doigt. Elle savait que, pour lui comme pour elle, ces vœux prenaient une dimension plus sacrée que ceux qu'ils avaient prononcés lors de leur mariage.

— Helia, je te promets de devenir meilleur, de devenir l'homme que tu mérites. Cela pourra prendre un certain temps…

Il sourit quand elle éclata de rire.

— … mais nous y arriverons, reprit-il. Peut-être que, au fond de moi, j'ai toujours su que ce serait toi. Ce qui existe entre nous était tout simplement inévitable. Et en voici la preuve.

Quand elle baissa les yeux sur la bague, elle remarqua pour la première fois la phrase latine gravée sur le bord intérieur de l'anneau.

— Cela signifie mon salut… mon éternelle.

Il essuya du bout des doigts les larmes de bonheur qui s'étaient mises à couler sur ses joues.

— C'est ce que tu représentes pour moi et je te promets de te le prouver chaque jour.

Il glissa la bague à son doigt, puis il l'embrassa passionnément et elle s'abandonna avec délices à ce baiser qui augurait d'un avenir radieux.

Quand ils redescendirent sur terre, elle prit l'enveloppe sur la table et la lui rendit.

— Je crois que ceci est destiné à l'orphelinat, Votre Majesté. La reine n'en aura guère besoin.

— Comme vous voudrez, Votre Majesté, répliqua-t-il avec un sourire qui la fit fondre. Mais maintenant, rentrons à la maison.

Une merveilleuse sensation l'envahit quand elle réalisa, blottie dans les bras de son mari, qu'elle avait enfin trouvé son foyer. Désormais, l'amour qu'elle éprouvait pour cet homme ne lui procurait plus ce terrible sentiment de solitude. Au contraire, il la rendait plus forte, plus optimiste et parfaitement heureuse.

Épilogue

Six ans plus tard

Vasili se pencha sur les deux petits lits et, aussi silencieusement et délicatement que possible, il remonta la couverture sur l'une des petites filles, puis sur l'autre.

Ses filles. Qui ne lui ressemblaient pas ; pas plus qu'à Helia.

Deux ans après leur mariage, ils avaient décidé de rompre une nouvelle fois avec la tradition en adoptant leur premier enfant. Une jolie fillette de deux ans. Dix-huit mois plus tard, ils avaient adopté la deuxième.

Au début, il avait été terrifié à l'idée de ne pas être un bon père. De reproduire les erreurs de ses propres parents. Mais son implication dans l'orphelinat l'avait familiarisé avec les enfants et il avait découvert qu'il aimait leur compagnie.

Il s'était aussi rendu compte que sa réticence vis-à-vis du trône était stérile car, en tant que roi, il possédait le pouvoir d'améliorer la vie des gens. Et c'est ce qu'Helia et lui faisaient chaque jour, que ce soit par leur politique d'aide à l'enfance, au développement d'écoles modernes accessibles à tous, ou aux bourses universitaires accordées par la Fondation Leander Leos. Sous leur règne, plus aucun citoyen n'était laissé de côté. Même le projet de loi fiscale avait été amendé selon leurs recommandations, et désormais Thalonia connaissait une prospérité sans précédent.

Il avait fini par admettre que la Couronne n'était pas responsable du manque d'affection dont il avait souffert. Et contrairement à ses parents, il avait choisi de montrer à ses filles qu'il les aimait. L'une d'entre elles monterait sur le trône un jour – la première monarque dans l'histoire de Thalonia à ne pas être de sang royal –, mais jamais il ne faisait de différence entre la princesse héritière et sa sœur. Et, se calquant sur son exemple, tout le monde au palais adoptait la même attitude à l'égard des fillettes.

Il avait fini par se faire à l'idée qu'il n'avait pas besoin de mettre fin à la monarchie. Il suffisait de la réformer. Et lui-même devait se montrer un meilleur roi que ceux qui l'avaient précédé. Un meilleur mari. Un meilleur père.

Il avait conservé la lettre de son père et il la relisait de temps en temps pour se rappeler les conséquences dramatiques que vos mauvais choix pouvaient produire. Elle l'avait aidé à ne jamais plus cacher l'amour qu'il éprouvait. Cette lettre représentait la plus grande leçon que son père lui ait donnée et la raison pour laquelle il avait pardonné au roi défunt.

Une fois qu'il se fut assuré que ses filles étaient bien endormies, il retourna dans sa chambre, où sa femme l'attendait.

Quand elle le vit entrer, elle lui sourit. Une de ses mains reposait sur son ventre rebondi, où grandissait leur fils.

— Je parie qu'elles dorment, le taquina-t-elle.

Il rit doucement. Elle avait raison de se moquer de lui, qui chaque soir ne pouvait s'empêcher d'aller vérifier si tout allait bien dans la chambre de leurs filles.

— Oui, répondit-il en s'allongeant à côté d'elle.

— Parfait. Mais maintenant, Votre Majesté, c'est votre épouse qui réclame votre attention.

Et il était heureux de la lui accorder.

Vasili n'avait jamais osé imaginer avoir une vie aussi parfaite. Même en rêve. Mais tandis qu'il attirait sa femme dans ses bras pour l'embrasser passionnément, il songeait qu'aucun rêve n'arrivait à la hauteur de cette réalité enchanteresse.

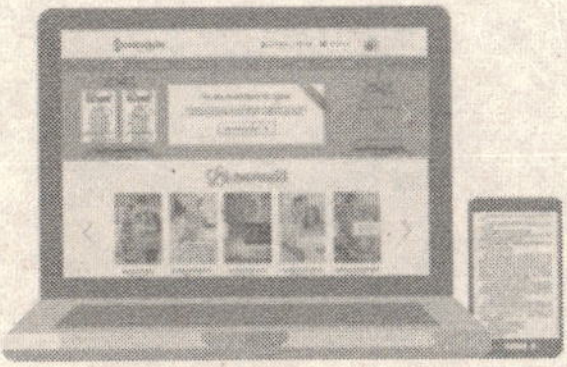